今野 敏

処断 潜入捜査
〈新装版〉

実業之日本社

実業之日本社文庫

目次

処断　潜入捜査　5
解説　関口苑生　288

『佐伯流活法』――

古代有力軍事氏族の佐伯連《さえきのむらじ》一族に伝わる古武道で、大化改新以降、その代々の継承者は、歴史の陰で暗殺者としての任務についてきた。

1

漁師は精一杯の抵抗をこころみた。

彼は、海で鍛え上げられた屈強な肉体の持ち主だった。

多くの漁師がそうであるように、彼も気が荒く、喧嘩《けんか》っ早い。

そして、その漁師はこれまで喧嘩に負けたことがあまりなかった。彼は相手を恐れてなどいなかった。

彼は、おそろしく発達した腕を振り回し、相手の男たちをなぎ倒そうとした。

あたりはたいへん暗く、足場も悪かった。並んでもやわれた漁船が波に揺られ、水音や舷側のこすれる音を立てている。

波の音と、もやわれた船のきしみ――それ以外は何も聞こえない静かな船着場だ。

漁師はそこで、自分の荒い呼吸の音を聞いていた。

彼は、三人を相手にして戦っていた。

いつもの喧嘩とは少しばかり勝手が違うことに、彼は気づいている。

相手は三人とも喧嘩慣れしていた。間違いなくプロフェッショナルだった。体格は、漁師のほうがずっといい。また、度胸も彼のほうがすわっているに違いなかった。

どんな仕事にも危険はつきものだが、漁師というのは文字どおり命を賭けて仕事をしている。

生半可な度胸ではつとまらないのだ。

そして、昔から気性が荒く腕っぷしが強い職業の代表は、山の炭坑夫と、海の漁師だといわれてきた。

だが、残忍さと狡猾さで、相手の三人のほうがまさっていた。

三人は、一目で暴力団関係者とわかる恰好をしていた。

パンチパーマに口髭《ひげ》の男、深く剃り込みを入れた角刈りの男、オールバックの男――その三人だった。

パンチパーマに口髭の男は黒いスーツにノーネクタイだった。だらしなくシャツの襟《えり》をはだけており、そこから金のネックレスをのぞかせている。

剃り込みのある角刈りの男は、薄手のジャンパーを着ていた。ゴルフズボンに白と茶の下品なコンビの靴をはいている。

オールバックの男は、鋭い眼をしていた。彼はピンストライプのスーツを着て地味なネクタイをしていた。

本来ならばすっきりとした出立《いでた》ちなのだが、どうしたわけか、全体に品性のいやしい感じがした。

その男の顔つき、動作、たたずまい、そして服装以外のアクセサリーがそう感じさせるのだ。

三人は誰が見てもヤクザ者とわかった。彼らは余裕をもって喧嘩をしていた。暴力が彼らの専門分野なのだ。

三人のヤクザは漁師をいたぶっているといってもよかった。

オールバックの男は、素晴らしい切れ味のジャブを見せた。

左だけで漁師を完全に制している。

漁師が力まかせに太い腕を振る。たいていの喧嘩ならば、その一撃でけりがつくはずだった。

だがオールバックのヤクザは、その腕をかいくぐった。足はほとんど動かさず、上半身の動きだけで漁師の拳や腕をかわした。

そして、かわしざまに、鋭いジャブを二発三発と放つ。

漁師は、いつしか鼻血を出し、唇《くちびる》を切っていた。

ジャブを顔面にくらった漁師は足もとがあやうくなる。

バランスを崩してふらふらとあとずさる。そこに剃り込みのある角刈りの男が回し蹴りを見舞う。

靴の先を脇腹に叩き込むように蹴った。

鍛え上げた漁師の体でなければ、その一撃で入院していたかもしれない。

角刈りの男はその点を充分に計算して蹴っていた。つまり、かなりのダメージを与えつつも、すぐに相手がまいってしまわないように蹴っているのだ。

ヤクザは喧嘩のプロだ。それくらいの芸当はやってのける。

パンチパーマに口髭の男は、少しばかり離れた場所に立ち、仲間が漁師をいたぶる様子をおもしろそうに眺めていた。

彼だけが手を出さなかった。

パンチパーマに口髭のこの男が兄貴格なのだった。

彼は大物を気取っているのだ。

パンチパーマの男が言った。

「くだらない意地を張ってると、こういう痛い目にあうんだ。わかってもらえたかな」

漁師は、口のなかを切ったせいで、血がたまっていた。

唾《つば》といっしょにその血を吐き出すと、言った。

「ヤクザもんの言いなりになるなんざあ、まっぴらだよ」

パンチパーマに口髭の男は口をゆがめて笑った。

鏡を見て何度も練習をしたような笑いかただった。つまり、芝居じみた笑顔だった。

「まだ若いんだ。命は大切にしたほうがいい」

「漁師は命知らずなんだよ。おまえらみたいに弱い者をいじめて汚ない銭を稼いでいるやつらとは違うんだ」

角刈りの男は、罵声を発して、また漁師の脇腹に回し蹴りを見舞った。

今度は足の甲で蹴る回し蹴りだった。爪先で蹴り込む方法より殺傷力は落ちるが、当たる表面積が大きくなるので、衝撃は増す。

漁師はうめいた。

パンチパーマのヤクザは芝居じみた態度でさらに言った。

「俺たちは協力し合ってきた。なあ、そうだろう。あんた、俺たちに逆らって何の得があるってんだ？」

「損得の問題じゃねえ……」

あえぎながら漁師は言った。「漁師の生きざまの問題なんだ」

パンチパーマと口髭のヤクザは、鼻で笑った。

「生きざまときたね。泣かせるじゃねえか……」

「てめえらみたいな役立たずにゃわからねえよ」

「ああ、わからねえな……。そんなもんを大事にして何になるってんだ？」

「漁師は魚をとって稼ぐ。だが、仕事というのは金を稼ぐだけじゃねえ。漁師にゃ漁師のしきたりもある。漁師という仕事に対する誇りもある。そうだ、誇りだ。ヤクザもんなんかにゃ一生かかっても理解できねえもんだ」

「何だとこの野郎！」

角刈りが吠えた。

また腰に回し蹴りを叩き込む。

漁師はついに苦しみに耐えきれず、膝《ひざ》を折って地面に手をついた。

パンチパーマのヤクザは、ふたりの仲間に目で合図して、顎《あご》をしゃくった。

オールバックの男と角刈りの男は、両側から腕を持ち、漁師を立たせた。

パンチパーマの男はゆっくりと漁師に近づいた。にやにやと笑っている。にわかに、その眼が凶悪さを増す。

ヤクザはいきなり漁師の鳩尾《みぞおち》にボディーブローを見舞った。

漁師は声にならない悲鳴を洩らした。横隔膜が収縮して呼吸ができなくなったのだ。

パンチパーマのヤクザはさらに、もう一発、容赦のないパンチを同じところに叩き込んだ。

漁師は苦しみに身をよじった。酸素を求める金魚のように、口をぱくぱくさせる。その口から、血の混じった唾液が流れ落ちた。

オールバックの男と角刈りの男は、崩れ落ちようとする漁師の体をしっかりと支えていた。

オールバックの男のほうが、パンチパーマの男より、切れのいいパンチを出せるはずだった。オールバックの男は、一時期、専門にボクシングをやった経験があるに違いなかった。

だが、パンチパーマの男の鉄拳も充分に効果的だった。

さらに、パンチパーマのヤクザは、オールバックの元ボクサーが持っていない本物の残忍さを持ち合わせていた。

漁師の呼吸が戻るのを、パンチパーマのヤクザは辛抱強く待っていた。

漁師はようやく顔を上げた。パンチパーマのヤクザを見る。

その眼には憎しみの光がある。鍛え上げられた海の男は、これだけの暴力にあいながら、まだ相手に屈していないのだ。

パンチパーマのヤクザは、それが許せないようだった。たちまち、彼の顔に怒りの表情が現れた。

彼は、大物の余裕を見せて気取っているが、それは演技に過ぎない。暴力の世界でしか生きられない彼は、たやすく理性を失い、すぐに馬脚を現してしまうのだ。

彼は、漁師の右腕に手を伸ばした。漁師は腕をつかまれてもがいた。

海で鍛えた太い腕に、飾り物でない筋肉が盛り上がる。

パンチパーマの男はあやうく振り飛ばされそうになった。彼は怒りをつのらせた。

「しっかりおさえていろ」

彼はオールバックの男に命じた。オールバックの男は、漁師の腕を脇の下にかかえ込むようにして両手でおさえつけた。

パンチパーマの男はあらためて漁師の手に自分の手を伸ばした。人差指を握る。

「俺たちに逆らうっていうのがどういうことかわかっていねえようだな」

パンチパーマの男が言った。

「何をしやがる！」

漁師はわめいた。

パンチパーマの男は、小枝でも折るようにまったく無造作に漁師の人差指を折った。

漁師は悲鳴を上げた。

どんなに鍛えていようと、指を折る痛みをこらえることはできない。

漁師は大きくのけぞり、暴れた。三人がかりでその体をおさえつけていた。

パンチパーマの男は、次に中指を握った。

「やめろ！」

漁師は叫んだ。

「やめろ、だと？」

パンチパーマの男は言った。「命令口調はいけねえな……」

音を立てて中指を折った。

再び漁師はすさまじい悲鳴を上げた。

パンチパーマのヤクザの眼は、怒りとは別の輝きかたを見せ始めていた。彼は頬をゆがめて笑っている。

残忍な行いがうれしくてたまらないのだ。虫を殺して喜ぶ子供と同じだった。

パンチパーマのヤクザは、次に薬指を握った。

「やめてくれ……」

漁師は初めて哀願した。「漁ができなくなる……」

ヤクザは喉《のど》の奥から笑い声を洩らした。笑いながら言う。

「生きざまだの誇りだのと、くだらねえこと言うからだ」

またしても、無造作に指を折る。

漁師が悲鳴を上げた。彼は痛みと精神的なショックのために失禁した。

ヤクザはますますうれしそうな顔になった。

「おいおい、ションベンもらすとは行儀が悪いな」

漁師はもうヤクザの言うことを聞いていなかった。

三本の指を折られた激痛で人の話を聞けるような状態ではなかったのだ。

パンチパーマのヤクザは心底楽しそうに笑いながら言った。

「網《あみ》を引いたりするのに一番大切なのは小指だそうだな。俺たちが得物を握るのといっしょだ」

小指を折った。

漁師は激痛と絶望のために、大声を上げていた。泣きわめいている。

パンチパーマのヤクザは、一歩退《さ》がった。

「おとなしく俺たちの言うことをきいていれば、そんな思いはしなくて済んだのにな……」

彼は、すべて漁師が悪い、という口調で言った。

「漁が……、漁ができねえ……。漁ができねえよ……」

漁師はおろおろとつぶやいた。彼は、奇妙な方向にねじ曲がった右手の四指をぼんやりと眺めていた。

彼の度胸も勇気もヤクザの残忍さのまえでは役に立たなかった。

漁師は恨みがましい眼でヤクザを見た。

パンチパーマのヤクザは急に不機嫌そうな顔になった。

「そんな眼で見るんじゃねえよ」

漁師は眼をそらさなかった。

絶望が恐怖に勝《まさ》っていた。

パンチパーマのヤクザは、舌打ちすると、右手を懐に入れた。
次の瞬間、まったくためらいなしに、抜き出した匕首《あいくち》で漁師の腹を刺していた。
漁師は何をされたのかまったくわからず、無表情だった。
ヤクザが離れた。腹から匕首が引き抜かれる。
血が噴き出した。
漁師はその様子を不思議そうに見降ろしている。
彼は血のついた匕首を持ったヤクザを見た。そして、大声で叫んだ。
「うるせえな」
ヤクザは言い、血をよけるようにしながら、今度は漁師の脇腹を刺した。
ためらいも気負いもなく、慣れた動作で刺した。
漁師の悲鳴が高まった。
両脇にいたオールバックと角刈りが、返り血を避けるようにさっと離れた。
漁師の体が前後にゆらゆらと揺れた。
まず、膝をついた。刺されたところをかばうように体が前のほうへ折れていき、
肩から崩れ落ちた。
ヤクザは漁師に近づき、見降ろした。

漁師はうつぶせに倒れ、弱々しくもがいている。

ヤクザの顔に再び残忍な喜びの表情が浮かんだ。

彼は匕首を逆手に持ち替えると、漁師の背に突き立てた。

匕首は腎臓を貫いていた。

腎臓を刺された痛みはすさまじい。漁師は背をしならせて、肺に残っていた空気のすべてを悲鳴に変えた。

それが最後の動作となった。

漁師は動くのをやめた。

「あーあ……、死んじまった」

パンチパーマのヤクザはおどけた調子で言った。

オールバックの男と角刈りの男は、くすくすと笑った。オールバックが言う。

「なんだ……。もっと楽しめると思ったのに、意外とあっけなかったですね」

パンチパーマは、漁師のシャツのすそで匕首の血をぬぐうと言った。

「突っ張りすぎだよ、まったく……。おい、見せしめだ。船着場の真ん中に放り出しておけ」

ふたりの手下は血で汚れぬように気をつけながら、漁師の死体を引きずり始めた。

パンチパーマの男は腕時計を見た。彼はひとりごとを言っていた。

「なんだ、まだこんな時間か……。一杯やれるな……」


漁師の死は、新聞で報じられた。

だが、それはごく小さな記事だった。いわゆるベタ記事という一段の記事で、何か事件があればすぐに差し替えられ、永遠に顧みられないような記事だ。

漁師の死は事故として報道されていた。船着場で船の修理中に事故にあったということになっていた。

本当の死因を知っている者はごく限られていた。

刺したヤクザたちしか知らない。

漁師の死体を発見したのは、同じく漁師をやっている老人だった。

老人は漁師が刃物で刺されていることにすぐに気づいた。

彼は、死体を何とかしようと村人を集めた。警察には通報しなかった。

村人はなぜその漁師が殺されたか、すぐに勘づいた。

しかし、それはあくまで想像に過ぎなかった。村人にできるのは、ただ死んだ漁師を弔ってやることだけだった。

2

午前九時、勤め先の『環境犯罪研究所』へやってきた佐伯涼《さえきりょう》は、すぐに所長に呼ばれた。

所長の内村尚之《うちむらなおゆき》は、いつものように、出入口のドアに横顔を見せていた。

所長の机は出入口の真正面に置かれていたが、サイドテーブルにコンピューターがあり、内村所長はいつもそのディスプレイをのぞき込んでいるのだった。

「お呼びですか？」

佐伯は内村所長の横顔に向かって言った。

内村はびっくりしたように佐伯のほうを向いた。子供がいたずらを大人に発見されたときのようだった。

まるで無防備に見えるが、それは実は演技なのではないかと、最近佐伯は思い始めていた。

内村はその見かけよりずっとしたたかで肝がすわっているはずだった。

佐伯は内村所長よりも五歳年上だった。上司が年下というのはおもしろくないものだが、佐伯と内村の場合はまったく事情が違っていた。

佐伯は内村を評価している。

どういう人物なのかつかみ切れていないが、得体の知れないところに、不思議と惹《ひ》かれるものがあるのだった。

佐伯涼は三十五歳。『環境犯罪研究所』に来るまえは、警視庁刑事部捜査四課に勤める警察官だった。いわゆるマル暴の刑事だ。

内村所長は言った。

「岐阜へ行ってください」

彼の言いかたはいつも唐突だった。

「岐阜……？　岐阜のどこです？」

「東部の山間部。中津川に宿を予約してあります」

「何のために？」

内村はいつもの再生紙で作ったファイリングホルダーを取り出し、佐伯に向かって差し出した。

『環境犯罪研究所』は、環境庁の外郭団体のひとつだった。内村が、書類に再生紙を使うのは、役所に対するポーズにすぎないと聞かされたことがあった。

佐伯はそれを受け取り、黙って読んだ。

「カスミ網？」

資料に眼を通すと、佐伯は言った。

「そう。野鳥を取るための罠の一種です。資料にあるとおり、もともとは江戸時代に加賀藩の武士が絹糸を編んで作ったといわれています」

「一九九一年九月、鳥獣保護法が改正され、カスミ網は使用だけでなく、製造、販売も禁止されたのでしたね……」

「そう。だが、実際はカスミ網を使った密猟があとを絶ちません」

佐伯はうなずいて、資料に眼を戻した。

資料には、カスミ網による野鳥の被害が、全国で年間三百万羽にもおよぶと記されている。

日本野鳥の会が、この二十年間、カスミ網撲滅に取り組んできた事実も記載されていた。

また、岐阜県警が一九八九年度に十一件、九〇年度に八件の密猟を摘発したことも書かれている。

内村所長がさらに言った。

「岐阜県の東濃地方では、どうやら営利目的の組織的な密猟が行われているようなのです。そして、その密猟団は暴力団の収入源になっている、と岐阜県警では見ています」

「よくある話です。ツグミなどの野鳥は、食通の間で人気があり、需要が絶えることはありません。違法であるからこそ珍重されるという一面もあるでしょう。そして、違法行為はたいてい金になる。暴力団はそこに眼をつけるのです。やつら、金のにおいがするものを見逃しません」

「カスミ網の密猟と戦っている組織があります。『エコ・フォース』という組織なのですが、そこの事務局と連絡を取ってあります」

「エコ・フォース？」

「自然破壊と戦うため、実際に体を張って活動することをモットーとしている団体です。会員はサバイバル訓練を受け、動植物を保護するための講習を受けています。日本では珍しい、きわめて実行力のあるエコロジスト集団です」

「私設の森林警備隊ですね」

「そう……」

「勇ましいな。スカウトしたくなる」

「私もそう考えていたのですよ」

「……失礼……、俺は冗談で言ったんですが……」

内村は、その言葉をあっさりと無視した。

「『エコ・フォース』の責任者は、串木田次郎《くしきだじろう》という人物です。そのファイルの最後のページに連絡先が書いてあります」

佐伯はそのページを見てから、内村に眼を戻した。

内村は無表情だった。完全に無表情だ。たいていの人はその風貌やしぐさのためにごまかされてしまうが、内村の眼からはいっさいの感情が感じ取れなかった。

内村尚之は奇妙な経歴を持っていた。

彼はまず外務省に勤め、次に警察庁に移った。そして現在は環境庁の役人だという。

官僚が省庁を異動するというのはごくまれな例だった。

たいていは、退官するまでひとつの省庁で働き続けるのだ。

理由として考えられるのは、内村が職場を移らなければならないほどの失敗を繰り返してきたか、あるいは彼が将来、日本の政府のために第一線で働くことが明らかなくらい優秀だからか、のどちらかだ。

佐伯は、内村の眼が後者であることを物語っているような気がしていた。

内村の眼は、マル暴の刑事だった佐伯にも一目置かせるほどの不可思議さを持っていた。

佐伯は言った。

「『エコ・フォース』というのは全国的な組織ですか?」

「違います。岐阜県内だけの市民グループです」

「なぜ『エコ・フォース』を訪ねろというのですか?」

内村は困ったような顔をした。

「なぜ、といわれても……」

部下に鋭い指摘をされてうろたえる無能な上司——内村をよく知らないころなら、この演技にだまされたかもしれない。

だが、今の佐伯はだまされなかった。

内村の眼はまったく動揺していない。

「理由があるのでしょう?　俺が行くのも単なる調査ではないはずですね」

「なぜそう考えるのです?」

「カスミ網による密猟が暴力団の資金源になっているからです。あなたはいつも、環境問題の調査を理由に、俺をヤクザのもとに送り込み、ヤクザ狩りをやらせる」

佐伯がそこまで言っても内村はいっこうに動じる様子を見せなかった。

彼はあっさりと認めた。

「そう。暴力団が関係してくる可能性はおおいにありますね。しかし、今の段階ではまだ何もわかっていない。だから、まず現地に行って調査をしていただきたいのです」

「『エコ・フォース』の連中がヤクザともめている可能性が高い——そう考えていいのですね？」

「……あるいは、もめる可能性が高い、と……。『エコ・フォース』というのは、その名のとおり、かなり活動的な集団なのです」

「活動的？　きっとその言葉はひかえ目なのでしょうね」

内村はその問いかけにはこたえなかった。

「列車のチケットと宿の手配は白石くんにたのんであります」

「訊いていいですか？」

「何でしょう？」

「所長はなぜ暴力団と戦うのですか？」

「以前にも言いました。彼らが環境犯罪に関わるケースが多いからです。産業廃棄物の不法投棄、ゴルフ場など自然破壊につながる造成、そして今回のような密猟——たいていは暴力団がからんでいます」

「それはわかっています。だが、それだけじゃないことは確かだ。所長は俺を警視庁からこの研究所に呼び寄せた。ヤクザ狩りで悪名が高かったこの俺を出向させたのです。この研究所を作るときから、暴力団と戦うことを想定していたとしか思えませんね」

「想定していました」

「何のために？」

「環境犯罪に暴力団が関わるケースが多いからです」

「いや、だから……」

佐伯は反論しようとして言葉を失った。

会話を空回りさせるのが内村所長の手なのだ。佐伯はそれを思い出した。

あやうく、内村所長のペースに引き込まれるところだった。

佐伯は気を取り直して言った。「俺の先祖も、この研究所のもうひとりのメンバーである白石くんの先祖も大化《たいか》の改新《かいしん》という日本の古代史の一大改革に関与しています。俺と白石くんがこの研究所にやってきたのは偶然ではないのでしょう？」

「あなたたちのご先祖は、大化改新の口火を切ったという他に、共通点があります。双方とも日本の先住民との関係が深い。特に、佐伯さんのご先祖は、蝦夷《えみし》と呼ばれた先住民の血筋だったといわれています。ヤクザというのは歴史的背景があまりに深い。よくも悪くも、日本の民族の歴史が生み出したものなのです。しかし、だからといって容認できるものではありません」

「以前、所長は、暴力団は民族の問題だと言ったことがありましたね。それは、そういう意味だったのですか？」

「そう。ヤクザが生まれるにも必然はあったのです。それはおそらく民族史のひずみの部分から発生したのだと思います」

「わからないな……。先住民の血筋とどう関係があるのです？」

「日本人の体質が現在の政府を支えています」

佐伯はわずかに眉をひそめた。彼は何も言わずに話の続きを待った。

所長は言った。

「先進国と呼ばれる国では珍しい政治の形態です。つまり、事実上の一党独裁政治です。あらゆる決議は、国会の本会議の場で決められるのではなく、事前の委員会や閣僚会議の場で決定されていくのです。国会で真剣に物事が討議されることはなく、国会は単なる儀式でしかありません」

「危険な話をしているような気がしますが……？」

内村の表情はますます閉ざされていくようだった。口調は実に淡々としている。

「それが悪いと言っているのではありません。事実、国民はその政治形態を認めているのですから」

「あるいは、あきらめている……」

「どちらでも同じことですよ。この政治形態が変わることは考えられない。すべてはひとつの政党の思うがまま……。つまり、政府は古代の大和朝廷であり、近世の徳川幕府なのです」

「民主主義というのはどうしちまったんだろうな……」

内村は心底不思議そうな顔になった。

「そんなものは、日本には最初からありはしませんよ。戦後、アメリカから、そのシステムをせっかく与えられたのですが、その精神を学ぼうとはしなかったのです。民主主義というのは形態ではありません。精神なのです。日本の政府は民主主義をすべて形骸化し、儀式化しました。そして、選挙というシステムを一党独裁に対する言いのがれにうまく利用したに過ぎません。しかし、それも悪いことだとは言い切れません。日本の民衆は民主主義など欲していないのかもしれないのです。民主主義というのは、自分たちで自分たちの国に責任を持つ、ということです。わが国の人々はそんな責任はまっぴらだと考えているようです。日本人は名君に支配されることだけを望んでいるのですよ」

内村の言っていることは正しいかもしれないが、絶対に認めたくない、と佐伯は思った。

「その点については議論したいですがね。だが、またの機会にしましょう。俺が訊きたいのは、暴力団のことです」

「暴力団を容認し、育てたのは、現在の政府与党なのです」

「だが、過去の話でしょう。今は暴力団新法の時代ですよ」

「そう考えたい気持ちはわかりますがね……、実際には保守政党と暴力団がまだ密接な関係を保っていることはよくご存じのはずですね」

佐伯は苦い表情になった。

「まあ……、警察官をやってて、おもしろくないこともずいぶんありましたがね……。確かに、選挙のときなど暴力団が票をまとめるために動き回ったりしますね……」

「右翼団体が国会周辺などで抗議行動を取る。政府与党はそれをやめさせるために、警察に連絡したりはしません。ヤクザの大物に連絡をして話をつけてもらうのです」

「暴力団や右翼の身内の祝い事に、政治家が顔を出すこともよくある……」

「そうです。政府与党と暴力団の関係が続く限り、警察がいくら、暴力団新法をかざしてがんばっても、たいした効力はないのです」

「実際には、次々と暴力団は解散しているし、堅気になる組員も増えつつあります」

「本気でそんなことを信じているわけじゃないでしょうね」

そう言われて、佐伯はやや間を置いた。

もちろん、彼は信じてはいなかった。佐伯は筋金入りのマル暴刑事だったのだ。

佐伯は内村所長をじっと見すえて言った。

「残念ながら、所長の言うとおりです」

佐伯は事実を認めることにした。「小さな組は収入源が減り、あの稼業で『義理』

と呼ばれている上納金もままならなくなって解散することになるでしょう。バブルがはじけたことも中小の組には大きく影響しているはずです。しかし、上部組織は生き残り、広域暴力団は絶対になくならないでしょう。そして、法でどんなに締めつけてもヤクザをなくすことはできない」

「そういうことです」

内村はふと表情を曇らせた。悲しげな表情にすら見えた。「ヤクザは絶対になくならないということを前提に、ヤクザから収入源を取り上げる措置に反対する勢力もあります。彼らはいたずらにヤクザを追いつめると、かえって犯罪に走らせることになると主張するのです。獣を手負いにするよりは、共存共栄をはかったほうがいい――そういう考えかたなのですね……」

「冗談じゃない」

佐伯は静かだが強い口調で言った。「今のヤクザは任侠とは無縁です。弱い者を徹底的にいたぶり、甘い汁を吸うのが現代のヤクザなのです」

「その点では、佐伯さんと私の意見は一致しているようですね。さきほど私は日本には民主主義などないと言いました。日本には日本に合った政治のやりかたがあることは認めねばなりません。しかし、もうそろそろ本当の民主主義に目覚めねばならないことも確かなのです。それはヨーロッパで生まれた議会制民主主義をそのまま真似るということではありません。日本式の独自な民主主義であってもかまわないと思います。大切なのは精神なのです」

「また話がそれていきそうな気がするな……」

「そうではありません。民主主義を育てるにあたって邪魔なものがいくつかありますが、暴力団もそのひとつなのです。他人をおどし、恐怖や暴力によって自分の目的を果たそうとする態度は民主主義にとって最大の敵対行為といえるでしょう」

「必要悪という便利な言葉もありますが……」

「必要悪は警察だけでたくさんですよ」

「こわいことを言いますね……。危険な思想だ……」

「抽象的な概念ですよ。現存する警察が悪だと言っているわけではありません。政治学的に警察機構というものは代表的な必要悪なのです」

「そういうことを本で読んだ気がしないでもないが……、なにせ、高卒ですぐ警視庁の警官になったもので……」

「ヤクザがなくならないというのは、社会から犯罪が決してなくならないのと同じく、はっきりした事実です。しかし、それを放っておいていいということではありません。存在することを前提として、私たちは戦いを決意しなければならないのです」

「ほう……。ようやく心から共感できる言葉が聞けた気がします。しかし、こういう言いかたもあります。世の中にはたてまえと本音があり、ヤクザなど裏社会の人々は、その社会の本音の部分を請け負っている、と……。そのために、暴力団が政界や財界のふところのなかまで入り込むことができるのです」

「本音とたてまえはたしかに日本の社会の特徴です。それをなくすることはできません。だが、本音の部分を暴力団が担っている社会というのは、やはり健全な社会とは言えません。もはや、日本の政界にとっても、財界にとっても、文化の面でも、国際的な評価の上でも、暴力団はマイナスなのです。戦っていかねばなりません」

「その発言はたてまえに聞こえますね」

「そうかもしれません。だが、私はたてまえを本気で実行することにしています」

「そういう人が一番こわいことを、俺は知っているような気がする」

「国のためになることなら、私は非情になることもできます。公務員ですからね」

「それで、俺と白石くんの先祖の話はどうなったのですか？」

「ご存じのとおり、日本の既存の組織は暴力団と戦いにくい構造を持っています。

それは精神的、感情的な面も含めてのことです。暴力団はたいてい愛国心を強調し、家長制度など、日本の伝統を重んじます。心理的にこういったものに肩入れする一般人が多いのも事実です。つまり、民族的な問題というのはここで影響してくるのです。ヤクザは間違いなく、日本民族が生み出した存在なのです」

佐伯はあきれた表情になった。

「驚いたな……。それで先住民の血脈に期待するというわけですか……。しかし、それは単なるこじつけではないですか？」

「私も単なる思いつきに過ぎないと感じていました。あなたの警視庁での働きを知るまでは……」

「ヤクザ狩りのことですか？」

「そう……。そして、白石くん……」

「まさか彼女もヤクザ狩りをやっていたわけではないでしょうね？」

「似たようなものです。彼女の母方の一族である葛城《かつらぎ》家は財界ではちょっとした名門ですがね……、長い一族の歴史を通じて、財閥など日本の民族資本に屈したことは一度もなかったのです。戦後も、葛城一族は政財界のフィクサーと呼ばれる連中に反目し、独自の道を歩み続けました。その結果、横浜の家屋敷だけが残ったのです。その屋敷もヤクザがらみの地上げにずいぶんと苦しめられたのですが、彼女は負けなかった。バブルは崩壊し、彼女は勝ち残ったのです」

「知らなかったな……」

「血脈というのは思ったより影響が強いもののようですね……。そして民族意識というのは、おそらく血の中に流れているのだと思います。本人が気づいている、いないにかかわらず……」

「血脈ね……」

佐伯は真剣に取り合おうとはしなかった。

「では大和民族に支配された同胞に、旅行の段取りを聞くことにします」

所長は、表情を変えず、うなずいただけだった。

佐伯は所長室を出た。

3

白石景子《しらいしけいこ》はパソコンのディスプレイを見つめ、リズミカルにキーを打っていた。

白石景子の机と佐伯の机は向かい合わせに置かれている。

佐伯は席に戻ると、景子に言った。

「俺の出張の件は聞いているか」

景子はディスプレイから眼を離し佐伯を見た。

「はい。チケットは手配済みです」

彼女のしぐさ、口調は実に落ち着いていた。有能な秘書独特の冷やかさを感じさせる。

だが、それは他人に不快感を与えるどころか、彼女の美しさを引き立てるのに役立っていた。

近寄りがたい感じを魅力に変えてしまうのは、すべて彼女の品のよさのせいだった。

景子はすっきりとした体形をしている。ふくらはぎから足首へのラインが流れるように美しい。

ハイヒールとタイトスカートが似合う女の典型だった。

彼女は机のなかからチケットを取り出し、立ち上がった。わざわざ席を立ち、机を回って、佐伯の脇に立った。

ごくかすかに香水が香った。

彼女は決して机越しに書類を手渡すようなことはしなかった。

景子は列車のチケットと、予約してある旅館のメモを佐伯のまえに置き、説明した。

佐伯はうなずいて、チケット類を背広の内ポケットに入れた。

彼は、『環境犯罪研究所』に、背広で通っていた。どんな恰好でもかまわないのだが、所長と白石がスーツで決めているので、それに倣《なら》ったのだ。

背広は多少くたびれていたが、もともと悪くない品物だった。それよりも、ワイシャツやネクタイが問題だった。

ワイシャツの襟にはあまり糊《のり》が効いておらず、ネクタイの結び目は黒ずんでいた。

佐伯にとっては、刑事のころから、背広は制服のようなもので、おしゃれ着ではないのだ。

景子は佐伯の身だしなみを非難するようなことはなかった。他人のことには決して口を出さないようなタイプに見える。

だが、その実、景子はたいへん細やかに気を使うのだった。常に周囲の人間を観察している証拠だ。

佐伯は、席に戻った景子に言った。

「君の一族は骨があったそうだな」

景子はまっすぐに佐伯のほうを見返してこたえた。

「はい。代々、たいへんな頑固者ぞろいだったと聞いています」

「君もその頑固者のひとりなのか?」

「そうかもしれませんわ」

「暴力団の地上げに負けなかったんだからな……。たいしたものだ」

「母方の葛城家の影響だと思いますわ。葛城の人々は不当な圧力には決して負けなかったのです」

「葛城に佐伯か……」

佐伯はつぶやいた。

景子は、ディスプレイに眼を戻し、再びキーを打ち始めた。

景子の母方である葛城家と、佐伯家は、特別な家柄で、ある密接な関わりがあった。

葛城の先祖には、葛城稚犬養連網田《かつらきわかいぬかいのむらじあみだ》がおり、佐伯の先祖には佐伯連子麻呂《さえきのむらじこまろ》がいる。

網田と子麻呂は、蘇我入鹿《そがのいるか》を暗殺したことで有名だ。入鹿暗殺が六四五年六月十二日。

翌十三日には、父、蘇我蝦夷《そがのえみし》が自害し、蘇我本宗家が滅びる。これが大化改新のきっかけとなったのだ。

佐伯連、葛城稚犬養連ともに、古代の有力軍事氏族だった。

佐伯連は蝦夷を統治し、宮廷警護などにあたっていた。また、蝦夷だけでなく、隼人《はやと》が宮廷警護の役目を担っていたが、隼人を治めていたのが葛城稚犬養連だったといわれている。

蝦夷も隼人も大和民族が大陸や朝鮮半島から渡来する以前に、日本に広く定住していた先住民族だ。

大和民族つまり天照《あまてらす》系海洋民族に追われ、蝦夷は東北から果ては北海道へ、隼人は九州南部から沖縄方面へと移り住んでいった。

蝦夷も隼人も戦うことに長《た》けた勇猛な民族だったといわれている。

蝦夷というのはアイヌ民族のみを指しているわけではない。東部、東北部へ散った先住民の総称だ。そのなかにはアイヌも含まれていたはずだ。

そして、蝦夷も隼人も大和民族とは異なった民族だ。

日本はもともと人種の坩堝《るつぼ》だった。四つの潮流が交差する潮の吹き溜まりで、先史時代から、さまざまな人種・民族が流れ着いていた。

日本人は北方系と南方系に分かれると一般に言われるが、北方系というのはエスキモーと同じ大陸系のモンゴロイドであり、南方系というのは、ポリネシア、ミクロネシアなど南方海洋系のマライ、ネグリートだ。

その二種が基本となり、多くの人種・民族が混交した。

日本語は言語学上の孤児といわれる。他に同系統の言語がないのだ。

それは、先史時代から多くの民族が交差していたせいだ。

日本語にはセム・ハム系の言葉が多く見られるというが、神事などの風習の面でも古代ユダヤの民族と共通するものがたくさんある。

また、日本には牛を祭る風習と龍をあがめる風習が古くからあったが、牛はウル族のトーテムで龍はシュメール族のトーテムだった。

朝鮮半島から大陸系の人々が渡ってきたのは比較的新しい時代だ。以来、日本は朝鮮の影響を強く受けることになる。

言語・文字・神事などは一気に朝鮮化していくのだ。

百済《くだら》的でないものはすべて価値のないものとされる時代もあった。「くだらない」という言葉はそこから生まれたとさえいわれている。

佐伯連子麻呂は、入鹿暗殺と同じ年に起こった古人大兄《ふるひとのおおえ》謀反《むほん》事件の際にも刺客として活躍している。

入鹿暗殺と同様に、中大兄《なかのおおえ》の命令を受け、阿倍渠曾倍《あべのこそべ》とともに兵を率いて出向き、古人大兄とその子を斬殺したのだった。

中大兄は、尽力のあった子麻呂を当然のことながら優遇した。

子麻呂は、四十町六段という破格の功田《くでん》を与えられた。

また、皇太子であった中大兄が、病気見舞のために、子麻呂の自宅へやってきたことがあったという。

しかし、中大兄は、これほど厚遇していながらも、子麻呂を官僚として朝廷で重用しなかった。

佐伯連はやがて、子麻呂の死後、いつしか歴史の陰へと消え去っていく。一説には、民族的な理由で佐伯連子麻呂は朝廷の要職につくことができなかったのだといわれている。

その同族、讃岐《さぬき》の佐伯氏からあの空海が出ている。

空海が出家したのは、熾烈《しれつ》な門閥闘争に耐えられなかったのが動機だったと伝えられているが、具体的なことはわかっていない。

実際には佐伯氏の民族的な問題が尾を引いていたのかもしれない。蝦夷の民は、すでに出世できない世の中になっていたのだろう。

そうした問題が、婉曲《えんきょく》に「門閥闘争に耐えかねて……」と伝えられたのかもしれない。

子麻呂の子孫と網田の子孫が同じ研究所に呼び寄せられたのだから、偶然と考えるわけにはいかなかった。

内村所長は明らかに佐伯と景子の先祖のことを知って、ふたりを部下に選んだに違いなかった。

佐伯に言わせれば、内村所長が環境問題に本気で取り組もうとしているとはとても思えなかった。

『環境犯罪研究所』のメンバーは、たった三人なのだ。

そして、これまで佐伯が調査を命じられた案件には必ず暴力団が関わっていた。

内村は明らかに暴力団と戦おうとしている。

環境犯罪というのは、その口実に過ぎないのではないか、と佐伯は思い始めていた。

子麻呂と網田は、大化改新の口火を切った。内村所長は、現代の大化改新をもくろんでいるのかもしれない——佐伯はふとそう思った。

「しかし、この俺に何ができる……」

思わず佐伯はつぶやいていた。

自分のひとりごとに気づき、佐伯は思わず景子を見ていた。

景子はまったく気づかない様子でパソコンのキーを打ち続けている。

彼女が気づいていないはずはない、と佐伯は思った。

串木田次郎は、カスミ網にかかり、死んでいるツグミを見て舌打ちをした。

岐阜県・東濃地方の山のなかだった。近くに小さな温泉場があり、旅館が数軒ある。

その温泉旅館では昔からツグミ、シロハラ、アカハラなどの野鳥を秋の味覚として珍重してきた。

そのせいもあって、この一帯がカスミ網による密猟の本場となっているのだ。

串木田次郎が隊長をつとめている『エコ・フォース』が密猟パトロールを行っているが、カスミ網はなくならない。

串木田次郎は、いっしょにいた『エコ・フォース』の隊員に言った。

「すぐにカスミ網を撤去しよう」

串木田次郎は精悍《せいかん》な若者だった。よく日に焼けており、たくましい体格をしている。

背も高く胸板も厚い。浅黒い顔のなかで、眼がよく光った。

彼は二十八歳という若さで、仲間の信頼を勝ち得ていた。

串木田はたいへん活動的であり、同時に頭がよかった。判断力もあり、統率力もある。山のなかで迷っても、彼がいれば安心していられるというのが仲間内での評判だった。

だが、そのときいっしょにいたふたりの仲間は不安そうだった。

ふたりとも大学生くらいの若さだった。

彼ら三人は『エコ・フォース』のユニフォームを着ていた。

その名のとおり、野戦服のような制服だった。迷彩までほどこしてある。

だが、この迷彩は伊達《だて》ではなかった。

『エコ・フォース』は、環境の警備隊であり、ゲリラ部隊でもあった。環境破壊に対しては思い切った実力行使をすることもある。

なまぬるいやりかたではもはや環境は守れない、と彼らは考えているのだ。悪質な環境破壊の現場に踏み込んで、証拠をおさえるようなこともやってのける。

迷彩はそうしたときに役に立つのだ。

若者のひとりは、赤いアポロキャップをかぶっていた。

もうひとりはバンダナを鉢巻き代わりにしている。

串木田は、彼らが不安そうな理由をよく知っていた。

彼は、フォールディング・ナイフの刃を起こし、カスミ網をはずし始めた。

ふたりの若者は顔を見合わせた。アポロキャップをかぶった若者が、意を決したように串木田に手を貸し始めた。

ややあってバンダナを頭に巻いた若者も作業に加わった。

カスミ網はもともと江戸時代に加賀藩の武士が絹糸を編んで使い始めたものだ。

現在、量産品は化学繊維で作られている。

「野郎！　何してやがる」

品のない声が背後から聞こえ、『エコ・フォース』の三人は振り返った。

アポロキャップとバンダナの若者の顔に、さっと恐怖の影が差した。彼らは明らかにおびえていた。

串木田は声の主を見すえていた。

三人の男が立っていた。山歩きをするために身軽な恰好をしているが、彼らがどういう連中かは一目でわかった。

ひとりはパンチパーマに口髭を生やしている。

ひとりは角刈りに剃り込みを入れ、もうひとりはオールバックだった。

パンチパーマに口髭の男は、にやにやと笑っていた。

「人がせっかく作った罠を台無しにしちゃあいけねえな……」

「冗談じゃない」

串木田は言った。「カスミ網を使うのは違法行為だ」

パンチパーマに口髭の男は、笑いを浮かべたまま言った。

「あんた、警察か？　そうは見えねえがな……」

「警察じゃない」

「だったら、誰が違法行為働こうが、放っとけよ」

「カスミ網で、年間三百万羽もの野鳥が殺されているんだ。黙っているわけにはいかない」

パンチパーマの男は仲間のふたりに向かって言った。

「おい、どうしてこういうばかが減らねえんだ？　本当に頭が悪いよな……。野鳥の命と自分の命のどっちが大切かわかってねえんだからな……」

角刈りの男とオールバックの男も、パンチパーマの男を見て、にやにやと笑って見せた。他人をばかにした態度だった。

だが、そういう態度をされても、アポロキャップの若者とバンダナを頭に巻いた若者は腹を立てなかった。

彼らは怒りより恐れを感じているのだ。

パンチパーマの男は、串木田に眼を戻すとゆっくり近づいていった。相変わらずにやにや笑っている。

串木田は右手にフォールディング・ナイフを握ったままだった。

パンチパーマの男はナイフには目もくれず、いきなり串木田の頬にフックを叩き込んだ。

拳が頬骨に当たる。

不意をつかれて串木田はまともにパンチをくらっていた。

首が振られ、続いて体をひねる形になった。そのとき、パンチパーマの男は串木田の右手首を握っていた。

その手首を、何度も自分の膝に叩きつける。数回目で串木田はナイフを取り落とした。

パンチパーマの男は手を離し、串木田の腹に蹴りを見舞った。容赦ない蹴りだった。

串木田は、体をくの字に折り、下生えのなかに崩れ落ちた。

腹を蹴られたり殴られたりすると、苦しさのためダウンしてしまうが、顔や頭を打たれたときのように意識を失うことはほとんどない。

このときの串木田も、倒れはしたが、意識ははっきりしていた。

パンチパーマに口髭の男が串木田のナイフを拾った。串木田はそれに気づいていた。

パンチパーマの男はフォールディング・ナイフを手に取って眺め、満足げにうなずいた。

「よく手入れされている。切れ味がよさそうだ」

ナイフを眺めながら、パンチパーマの男が『エコ・フォース』の若者ふたりに近づいた。ふたりは、不気味そうにヤクザを見ていた。

蛇《へび》に睨まれた蛙《かえる》だ。その場から動けなくなっていた。

パンチパーマの男はいきなりナイフを横に一閃させた。

アポロキャップの男が、すさまじい悲鳴を上げて顔をおさえた。

最初は驚きの悲鳴に過ぎなかったが、次の瞬間、信じがたい苦痛と絶望のための悲鳴に変わった。

パンチパーマの男は、ナイフで正確に、若者の両眼を切っていた。

アポロキャップの男は、自分のされたことがまだ信じられず、両手で顔をおおって叫び続けていた。

バンダナの若者は、立ち尽くしていた。

パンチパーマの男は言った。

「なるほど、よく切れる。だが突き刺すのはどうかな?」

言い終わると、いきなりナイフをバンダナの若者の腹に突き立てた。

バンダナの若者は無反応だった。あまりに非日常的な出来事なので、自分が何をされたかわからずにいたのだ。

パンチパーマの男が離れる。バンダナの若者は、自分の腹にナイフが刺さっており、血があふれ出しているのを見た。

そのとき初めて彼は悲鳴を上げ、地面に崩れ落ちていった。

串木田は我を忘れて立ち上がり、ふたりの若者に駆け寄ろうとした。

それを迎えうつように、角刈りの男が串木田の顔面にカウンターの回し蹴りを見舞った。

串木田は、そのまま眠ってしまった。

パンチパーマの男は仲間に言った。

「弱いやつらが何言ったって無駄だよな。こんなだらしのないやつらが何人集まったって野鳥だの環境だのは守れっこねえ」

三人は、くすくすと笑い合って、その場をあとにした。

4

夕刻、佐伯が『環境犯罪研究所』を出ようとしていると、内線電話が鳴った。

景子が出る。電話を切ると景子は言った。

「所長がお呼びです」

「またか？　今日二度目だ。珍しいな、あの人が一度ですべての用事を済ませてしまわないなんて……」

「気をつけたほうがいいと思いますわ」

「なぜだ？」

「何かを見つけたか思いついた証拠ですから」

「なるほど……。ならば、気をつけてもしょうがないな」

佐伯はドアをノックした。なかから返事が聞こえた。

ドアを開けると、案の定、所長は出入口に横顔を見せ、サイドテーブルに置いたコンピューターのディスプレイをのぞき込んでいた。

「今度は何です？」

ドアを閉めて、佐伯が言うと、いつものように所長は、驚いた顔で佐伯のほうを見た。

子供のように無防備な表情だ。

演技だとわかっていてもだまされそうになってしまう。

あるいは演技だと思っていることが間違いなのだろうか——佐伯はふとそんなことを考えてしまった。

もしかしたら、所長は、本当にそのつど、ドアから人が現れることに驚いているのかもしれない。

誰かが声をかけるまで、所長は自分の世界に入り込んでしまっているのかもしれなかった。

どちらが正しいのか、佐伯はわからなくなりかけていた。

演技だとすれば所長の勝ちだった。

内村所長が言った。

「先日、千葉県の小さな漁港で、若い漁師が死にました」

「漁師……」

「これがその記事です」

所長は小さな記事のコピーを佐伯に手渡した。

「お知り合いですか？」

「いいえ。なぜです？」

「漁師が死んだ……。しかも、記事によれば、事故死らしいじゃないですか。われわれの仕事とはあまり関係がなさそうなんで……」

「その漁港から出た漁船団が、密漁でつかまっているのです」

「密漁……？」

「東京湾、羽田空港沖合で、大量のセイゴ、コノシロを密漁したということで、警視庁水上署に逮捕されたのです」

「東京湾で密漁とはね……」

「七〇年代に入り、公害防止策の効果で水質がよくなり、魚が戻ってきたのですよ。江戸川河口から多摩川河口にはさまれた七六・二平方キロは東京湾区と呼ばれ、漁業が大幅に規制されているのです。そのため、最近魚群が増加しているといわれています」

「魚が増えているのなら、取ったってかまわないじゃないですか」

「漁業関係者はそう主張していますね。もともと江戸前ネタというのは東京湾で取れたもののことを言ったそうです。今でも羽田空港東側沖合ではタイ、セイゴ、カレイ、イシモチなどの魚や、トリ貝、赤貝なども豊富なのです。だが、それは私たちの考えるべきことではありません」

「ある漁船団が密漁をしていた……。その漁港で、漁師が死んだ……。何かが起こっているかもしれない、と……？」

内村は、もう一枚、記事のコピーを差し出した。

佐伯はそれを読んでから内村の顔を見て言った。

「密漁の次は密輸ですか？」

「そう……。何年かまえに、高級観賞魚のアロワナが大量密輸された事件がありました。あのとき、輸出証明書を偽造するなどの、手の込んだ密輸の内容が明らかにされたわけですが、今回、似たような手口の密輸が摘発されたわけです」

「やはり、密輸の品目はアロワナ……」

佐伯は記事のコピーを見て言った。「そしてラン……？」

「そうです」

「しかし、なぜ、俺たちがアロワナやランの密輸を気にせにゃならんのです？」

「どちらもワシントン条約の規制品目なのですよ」

「なるほど……、ワシントン条約ね……」

「そして、この密輸の背後には何らかの組織的な動きがあるらしいということです」

佐伯は内村の顔を見た。

「暴力団？」

内村はうなずいた。

「おそらくは……」

佐伯は、内村の顔を見たまま、しばらく考えていた。

「密輸事件と、密漁団の漁港で人が死んだことと、何か関係があると考えているのですか？」

「どう思います？」

「双方とも暴力団が関与していると考えて考えられないことはありません。しかし、両者の間に関係があるかどうかは何とも言えませんがね……」

「もちろん、そうでしょう。しかし、犯罪には一種の癖というか、傾向というものがあるのでしょう？」

「そう。それは確かです」

「暴力団が資金源を見つけようとするときにも、やはりひとつの傾向というものがあるでしょう。博打《ばくち》を好む組もあるでしょうし、昔ながらの用心棒代を地道に集めようとする組もあるでしょう」

「でも、彼らが金のにおいのするところならどこにでも現れるという特徴を持っていることも確かです。やつら、金になることなら何でもやってのけるのです。総合商社なのですよ」

「しかし、密漁や密輸というのは、特別な手口のような気がするのです。調べてもらえませんか？」

「出張は取りやめですか？」

「いえ……。もしかしたら、野鳥の密猟も関係あるかもしれませんからね……」

「俺にはそうは思えないんですがね……」

「いずれにしろ、密漁・密輸事件が、最近、急に頻発するようになった——このことだけは確かなのです」

「わかりました。調べてみます」

佐伯は部屋を出ようとして、ふと立ち止まり、尋ねた。

「所長は、大化改新をどう思います？」

唐突な質問のはずだった。

しかし、内村所長は驚いた様子を見せなかった。所長は言った。

「いついかなるときでも、変革や刷新といった事柄を、私は評価しますね」

「やはりね……」

佐伯は、所長室を出た。

白石景子はすでにいなかった。先に帰宅したようだ。

佐伯は席に戻ると、警視庁の刑事部捜査四課に電話をした。

警視庁時代の後輩刑事である奥野《おくの》を呼び出す。

テレビの刑事ドラマを見ると、刑事たちはいつも外を歩き回っているような印象を受ける。

だが、本庁の刑事は内勤が多い。いつも山のような書類をかかえているのだ。

奥野はすぐにつかまった。

「チョウさん、元気でやってますか？」

佐伯は警視庁時代、部長刑事だった。巡査部長の階級を持った刑事部の捜査員だ。

部長刑事はたいてい捜査主任の役職につき、デカチョウと呼ばれる。

奥野は今でも佐伯を警視庁時代と同じに呼ぶ。

「元気じゃない。訳のわからない上司に振り回されている」

「内村所長ですか」

「そう。俺の上司はひとりしかいない」

「今、研究所からじゃないんですか？　所長に聞かれちまいますよ」

「かまわない。聞かれても聞かれなくても同じことだ。あの人は、俺の心のなかなんぞはお見通しだよ」

「なるほど……。そんな感じですね。鋭い人のようですから……」

「その鋭い人が、妙なことを気にしている」

「妙なこと？」

「千葉県の漁港で漁師が死んだこと。アロワナとランの密輸事件。そして、カスミ網による野鳥の密猟」

わずかな間があった。

その一瞬の沈黙は明らかに奥野の驚きを表していた。奥野が言った。

「たまげたな」

「なぜだ？」

「その三つの出来事には確かに共通する要素があります。しかし、完全に捜査上の秘密は守られているはずなんです」

「あの人はこつこつと資料を集め、それをコンピューターにぶち込み、日がな一日眺めているんだ。そして、あの人の頭脳は並ではない。たいていのことはわかっちまうようだ」

「内村所長が、自分で推理したというのですか?」

「密漁や密輸というのは、手口としてある顕著な特徴があるような気がする――そんなことを言っていたな」

「そう。チョウさんだから言いますがね……。漁師の死、アロワナとランの東南アジアからの密輸、そして、カスミ網による密猟――この三件のバックには共通の組織がいるようなのです」

「どんな組織だ?」

「いや、それは……。まだ確証がないんで……」

「なめるなよ、奥野。確証がないという言いかたを刑事がするとき、その刑事には何もかもわかっているんだ。ただ、検察官を納得させるだけの材料を持っていないだけなんだ」

「勘弁してくださいよ。そんなことを洩らしたら、俺、クビになっちまいますよ」

「心配するな。他言はしない。俺を信じろ」

「信じろですって？　チョウさんを？」

「クビになったら、内村所長に言ってここで働けるようにしてやるよ」

「嫌ですよ、俺、そんなところで働くの……」

「どこの組だ？」

「え……？」

「一連の密猟、密輸に関係している組織だよ。捜査四課のおまえさんがそれだけ慎重になるんだからマルBだろ？」

マルBというのは、暴力団を指す警察の隠語だ。

「かなわないな……」

「関東の組か？　関西か？」

奥野はやや間を置いた。

周囲の者に話を聞かれていないかどうか、見回したのだろうと佐伯は想像した。

事実、そのとおりだった。

やがて奥野の声がした。

「艮組《うしとら》……」

ぽつりとひとりごとを言うような口調だ。奥野はそれくらい注意深くなっているのだった。

「鬼門英一《きもんえいいち》の組か……。坂東《ばんどう》連合系だったな」「そう。鬼門英一は頭を使うタイプ、そして、右腕の乾吾郎《いぬいごろう》が非情な暴力専門家。いいコンビですよ」

「なるほど……。鬼門英一なら、密猟だの密輸だののうまい手口を考えついてもおかしくはないな……」

「これ以上は一言だってしゃべりませんからね」

「充分だよ。今度、六本木でおごってやるよ」

「井上美津子《いのうえみつこ》のいる店ですか？　でも、井上はチョウさんにぞっこんだからなあ」

「チャンスは誰にでも平等にある。要はそれをものにできるかどうかだ」

「チョウさんと争う気はありませんよ。勝ち目ないもん」

「いい心がけだ。仕事に励め」

佐伯は電話を切った。

席にすわったまま佐伯は考えた。

艮組《うしとら》というのはやっかいな暴力団だった。組長の鬼門英一は頭が切れ、坂東連合の本家、毛利谷《もりたに》一家にもかわいがられている。暴力を振ることに何の抵抗も感じないタイプだ。

代貸の乾吾郎はきわめて危険な男だった。暴力を振るうことに何の抵抗も感じないタイプだ。

ひどく冷酷で、人を平気で刺すような人間だった。暴力団員には珍しくはないが、心から残忍な行為を楽しむタイプだった。

奥野が言ったように、このふたりのコンビネーションのために艮組は、所帯こそ小さいのだが、おおいに稼ぎを上げていた。

「また坂東連合か……」

佐伯はつぶやいた。

坂東連合は関東を拠点とした広域暴力団だ。

全国二十五都道府県に百六団体を持ち、構成員は八千人を数える。

かつては百八つの組があったが、そのうちふたつを佐伯が叩きつぶしている。

その代わり、佐伯は彼の育ての親ともいえる伯父夫婦を、坂東連合系の瀬能《せのう》組に殺されている。

瀬能組はダイナマイト付の車を伯父夫婦の家の玄関に突っ込ませた。ダイナマイトが爆発し、伯父夫婦と息子夫婦、そして幼い孫は、ばらばらの肉と骨の破片と化した。

瀬能組は佐伯につぶされたふたつの組のひとつとなった。

電話が鳴り、佐伯は受話器を取った。

「佐伯さん？」

聞き覚えのある声が、そう尋ねた。

「ミツコか」

「まだいたのね」

「帰ろうと思ってたところだ」

「ね、ごはん食べない？」

「客に同伴出勤をすっぽかされたな」

「さすが元刑事。正解」

「誰だって見当がつくさ。出勤まえのホステスから食事に誘われれば……」

「お願い。助けると思って……」

「明日から出張なんだ」

「そこを何とか……」

佐伯は溜め息をついた。

「しかたがない。冷たくしておまえがまたグレるとやっかいだ」

「ありがとう。うれしいわ」

ミツコは六本木の喫茶店の名前を言い、七時半に行って待っていると告げた。

佐伯は電話を切り、時計を見ると立ち上がった。

所長はまだ部屋から出て来ない。

いつ出勤していつ帰宅するのか佐伯には見当もつかなかった。

佐伯よりあとに出勤してきたこともなければ先に帰ったこともない。

内村はいつも所長室にいた。内村とこの『環境犯罪研究所』は、一セットになっているようだ——佐伯はふとそう思った。

内村がいない『環境犯罪研究所』は考えられない気がした。

同様に、外で内村を見てもどこか精彩を欠くように感じられる。

とにかく奇妙な男だ——佐伯はそう思いながら研究室を出た。


「どこに出張なの?」

六本木交差点を見降ろす喫茶店で会うと、ミツコはすぐさま佐伯にそう尋ねた。

「海外?」

「とんでもない。岐阜だよ」

「山登りでもするの?」

「ほう……。岐阜がどのあたりにあるのか知っているようだな」

「ホステスは博識じゃなきゃつとまらないのよ」

「最近はそうでもないみたいだが……」

「バブルがはじけて、昔に戻ったのよ」

「いいことだ」

ミツコ――井上美津子は、ロアビルそばの雑居ビルにある『ベティ』というクラブに勤めている。

六本木のホステスは若いが、ミツコも二十歳になったばかりだった。

彼女は極めつきの不良少女だった。

中学生のころから不良グループと付き合い始め、高校に入ってからというもの、対立グループとの喧嘩、トルエンや睡眠薬の密売、集団での暴走と、さかんに暴れていた。

色がたいへん白く、肌が美しい。父方のほうにアメリカ人の血が混じっているということだった。

目鼻立ちは端正で、スタイルが素晴らしくいい。

彼女の誕生のとき、神様はすこぶる機嫌がよかったに違いない、と佐伯は会うたびに思う。

彼女は女性のありとあらゆる美しさを兼ね備えている。

整った美しさの上に、愛くるしさまで持ち合わせているのだ。

それほど美しい女をまわりの男たちが放っておくはずはない。彼女はたちまち暴力団の構成員に眼をつけられ、やがていっしょに暮らすようになった。彼女が十八歳の時だった。

ヤクザは彼女のヒモでしかなかった。ミツコはそのときから水商売で働くようになった。

当時、そのヤクザの組をマークしていた佐伯が一骨折ってミツコとヤクザを別れさせた。

そのときミツコは、余計なお世話だとばかりに佐伯に食ってかかった。しかし、時が経ち、世の中というものがわかるにつれて、彼女は佐伯に感謝するようになっていた。

その感謝の気持ちは薄れていくどころか、時間が経つにつれて深まっていくように見えた。

今、彼女は二十歳の若さで、店のナンバーワン・ホステスだ。

ミツコは絶対に贅沢《ぜいたく》を言わない。同伴出勤前の食事がたとえラーメン一杯でもうれしそうにしているはずだ。

それがナンバーワンの秘訣だ。外見が美しいだけでは水商売はつとまらないのだ。

ふたりは和食を食べ、『ベティ』へ行った。

席にやってきたミツコは、すでに貫禄《かんろく》といっていいほどの落ち着きを感じさせた。

「また危険な仕事？」

ミツコはさりげなさを装って佐伯に尋ねた。

「そうだな……。若い女が酔っぱらいの相手をする程度には危険かもしれない」

「嘘……。もっとずっと危ない仕事のはずよ」

「どうしてそう思う？」

「佐伯さん、緊張してるもの」

「緊張？　おまえに会ったせいじゃないのか？」

「ちゃんと元気で帰ってくるのよ」

「当然だろう」

「約束して」

ほんの一瞬だが佐伯はためらった。約束という言葉はやや重荷だった。約束をしなければ裏切る必要もなくなる。佐伯はそういう仕事を続けてきたのだ。ミツコはそのためらいに気づいたはずだ。だが、彼女は何も言わなかった。

佐伯がミツコとグラスを合わせて言った。

「約束するとも」

5

佐伯は中津川の宿に着き、『エコ・フォース』の串木田次郎という男が訪ねて来るのを待っていた。

午後三時に串木田がやってくることになっている。

部屋から山並が見える。山肌の多くは、スギやヒノキが植林されているが、まだ雑木林も残っていた。

濃淡の緑が、モザイクを描き、全体としては調和のとれた淡い緑に見える。

稜線は幾重にも折り重なっており、遠くの山景は青色にかすんでいる。

かつて佐伯は、どんな景色を見ても心がなごむということがなかった。

紛争地帯にいる兵士たちが、風景を楽しむ余裕がないのに似ていた。

捜査四課にいるとき、彼は確かに戦争をしていた。勝ち目のないたったひとりの戦争だ。

彼はヤクザ狩りが自分の使命だと信じ込んでいたのだ。

当時、心のなかは荒涼としていた。今、こうして山の景色を眺め、佐伯は心の落ち着きを感じていた。

それがいいことなのか悪いことなのか彼にはわからない。

ただ、かつてより楽になったことは確かだった。

血の呪縛から解放されつつあるのかもしれなかった。

昔から佐伯は血の呪縛を恐れていた。

彼の家は暗殺者の系譜だった。

それは、佐伯連子麻呂から続く血脈なのかもしれない。

佐伯の家には『佐伯流活法』と呼ばれるきわめて実戦的な武術が伝わっていた。

『佐伯流活法』は代々、家長から、後継者に直接伝えられてきた。

佐伯涼の祖父は、旧陸軍の特務機関に所属し、暗殺を任務としていた。『佐伯流活法』が、その仕事におおいに役立った。

そして、佐伯涼の父は『佐伯流活法』に伝わる整体術の治療院を開いた。

だが、それ以前に、金で殺人を請け負っていた一時期があった。

それを知った暴力団が、その事実を脅迫材料に近づいてきた。

運悪く、その時期に佐伯涼の母親が重い病気にかかった。血液の癌《がん》と一般に言われる病気で、入院加療のため金が必要だった。

涼の父親は暴力団の用心棒となった。

そして、いいように利用され、抗争の折に刺されて死んだのだった。

収入の道がとだえたため、母親は病院を出なければならなくなり、やがて死んだ。

佐伯涼は以来、血を呪い、暴力団を憎み続けていたのだ。

しかし、内村や白石景子に会ってからその殺伐とした気持ちが和らいでいくような気がしていた。

理由は佐伯にもわからない。孤独であることには変わりはない。

だが、内村や景子を見ていると、孤独でいることが、たいしたことではないように思えてくるのだった。

内村はかつて、佐伯に、血の呪縛などはない、と言明したことがあった。

大切なのは、先祖や親がどういう生きかたをしたかではなく、自分自身がどう生きるかだ、と彼は言った。

その点については、佐伯はまだ結論を出してはいない。

宿の従業員が佐伯を呼びに来た。

玄関の脇にささやかなロビーがある。応接セットをひとつ置いただけでいっぱいになってしまう広さしかなかった。

その応接セットに、ひとりの男が腰を降ろしていた。

四十代半ばで小太りの男だった。

話に聞いた『エコ・フォース』のイメージとはかなり違うと佐伯は感じていた。

その男は佐伯の姿を見ると立ち上がった。

「佐伯さんですか？」

彼は、尋ねた。なぜかおびえているように見えた。

少なくとも、たいへんに緊張している。

こういう相手の反応を見るのは珍しくはなかった。

刑事をやっているとき、初対面の人間はたいてい緊張していた。

何もしていない人間でも、刑事を目のまえにするとひどく不安になるものだ。

だが『エコ・フォース』の男は、佐伯が刑事だったことを知らない。彼の緊張には何か別の理由があるはずだった。

佐伯はうなずいて、こたえた。

「そうです。串木田さんですか？」

「いえ……。串木田が急に来られなくなったもので……。私、『エコ・フォース』

事務局長の江藤と申します」

彼は名刺を取り出した。江藤進《えとうすすむ》と書かれている。

「事務局長……」

「はい。串木田は現場の責任者、私は事務手続などの責任者ということになります」

佐伯は、江藤に腰を降ろすようにすすめ、自分もソファにすわった。

「いろいろとご迷惑をおかけすることになると思いますが、よろしくお願いします」

佐伯は、相手を観察しながら言った。

「私どもにできることでしたら、何なりと……」

江藤は確かに心労をかかえている。

顔色は冴えないし、眼に生気がない。おびえているように見えるが、佐伯におびえているとは限らない。

「さっそくですが、串木田さんに何があったか話してくれませんか？」

佐伯の言葉は完全に江藤の意表をついた。

「え……」

江藤は、顔を上げ、一瞬何を言われたのかわからないような様子で佐伯を見ていた。

目は驚きに見開かれている。口は半開きだ。

事務局長をまかされるくらいだから、優秀な人物なのだろう、と佐伯は思った。

だが、今のこの瞬間の江藤は間の抜けた男でしかない。

江藤はしばらく同じ顔で、ぼんやりと佐伯の顔を見つめていた。

佐伯は、江藤が何か別の反応を見せるまでじっと見返していることにした。

江藤は自分の不様な態度に気づいたようだった。表情を引き締めると、彼は言った。

「それは、いったいどういう意味ですか？」

「言ったとおりの意味ですよ」

「串木田がどうしたとお考えなのですか？」

「さあ……。わからないから訊いているのですよ」

今度は、さきほどとは逆に江藤がきわめて油断のない表情になった。

「知っているのですか？」

「何をです？」

江藤は、周囲を見回し、話が誰かに聞かれていないかどうかを確かめた。

「串木田がなぜここへ来られなくなったか……」

佐伯はどうこたえるべきか迷った。しかし、表情を変えるようなことはしなかった。

ポーカーフェイスは優秀な刑事の条件のひとつだ。

ここは慎重にやらなければならないところだ、と佐伯は思った。

江藤は佐伯に対して新たな疑惑を抱き始めたように見える。

敵か味方か迷っている――そんな感じだった。

佐伯は言った。

「知りません。私は串木田さんとは一度もお会いしたことはないし、今日は串木田さんがやってくるものと思っていたのです。しかし……」

「しかし？」

「あなたの態度を見ていると、何かが起こっているのだろうということはすぐにわかります。串木田さんが今日ここへ来られなくなったのも、あなたがおびえているのも同じ理由によるのでしょう」

江藤は驚いたように佐伯を見ていたが、やがて力なく眼をそらした。

「いや……。ご存じないほうがいいかもしれません。知ったところで、どうしようもないのですから……」

佐伯は江藤を見つめていた。

そして、江藤に気づかれぬほどかすかに溜め息をついた。

また、内村所長の予想が当たったと思った。

『エコ・フォース』はおそらくヤクザともめている。

これがヤクザの力だ。

ヤクザに対する恐怖感は、単なる乱暴者に対する嫌悪とは異質だ。

それは、まったく異なった価値観を持つ存在への不気味さを伴っている。

彼らの組織に対する忠誠心は、それが見せかけであっても一般人にとっては充分な脅威なのだ。

ヤクザ者の、倫理意識の欠如や、極端な理性のとぼしさは普通の市民生活を送る人々の想像の外にある。

つまり、ヤクザは何をするかわからないというおそろしさがあるのだ。

ヤクザの威しが効くのはそのためだ。

佐伯は江藤を見つめながら言った。

「われわれは環境に対する犯罪行為を調査研究しています。そして、環境犯罪に暴力団が関与するのがひとつのパターンであることを知っています」

江藤は即座に反応した。

彼ははっと佐伯のほうを見たのだった。

佐伯は続けて言った。

「カスミ網の密猟の背後に組織的な動きがあるという情報を、われわれは得ています。そして、私が現地へやってきました。すると、約束していた人が急に来られなくなり、代わりに現れた人は、何かにおびえている」

江藤はもう一度さっとまわりを見回した。それから唇をなめると、言った。

「話したところでどうにもなりません」

彼は、やりどころのない怒りを今、佐伯にぶつけようとしているらしかった。

「あなたは調査研究と言われました。環境に対する犯罪行為を調査研究するのが目的だ、と……。私たち『エコ・フォース』は、調査研究、あるいは抽象的な主張や呼びかけだけでは不足だと考える人間が集まって発足したのです。私たちは実際に問題の起こっている土地をパトロールし、あるときは実力をもって問題を排除するのです」

佐伯はあくまでも冷静な態度で江藤のことばを受けとめた。

彼はうなずいた。

「充分に理解しているつもりです。われわれが『エコ・フォース』と連絡を取ったのも、その点に理由があります」

この発言は、半ばはったりだった。

佐伯は、内村所長がなぜ『エコ・フォース』と連絡を取ったのか、その本当の理由は知らない。

想像で言ったに過ぎなかった。しかし、今は相手に信頼されることが大切だ。

江藤はなおも挑むように言った。

「その点に理由がある？　それはどういう意味ですか？」

「つまり、われわれ『環境犯罪研究所』も『エコ・フォース』と似通ったところがあるかもしれないということです」

「具体的に言っていただきたいですな」

「われわれも悪質な環境犯罪を実力で排除することがあるということです」

江藤の顔に、いっそう大きな驚きの表情が広がった。彼は、信じ難いものを見る目つきで言った。

「……もし相手が面倒な連中でも……？」

佐伯はまた、きっぱりとうなずいた。

「そういう場合にはなおさらです」

「その相手がもし……」

「暴力団でも……」

「なぜ……。どうして、非営利団体のあなたたちが……」

「環境犯罪に暴力団が関与していることが多いというのはもう話しました。その場合、暴力団に苦しめられている人々が少なからずいるものなのです。例えば、公害訴訟を起こしている人物、例えば、ゴルフ場造成予定地に住んでいる農民、そして、あなたたちのような環境保護団体……。そうした場合、暴力団の脅威を実力で取り除かなければ、環境を守る上で大きな損失となるのが明らかだからです」

もちろんこれはたてまえだと思いながらしゃべっていた。

環境保護を大義名分にヤクザ狩りをやっているのだとは言えない。

佐伯は、さきほどから内村の代弁をしているような気がしていた。だが、それは確かに通りがよく、便利ではあった。

「だが……。あなたひとりだ……」

「役に立たぬ十人よりも、物事をよくわきまえているひとりのほうがいいことがあります」

「経験があるということですか？」

「充分に」

江藤の顔から猜疑《さいぎ》の色が失せていきつつあった。

佐伯は、この好機を逃さぬように、言った。

「もう一度お尋ねします。串木田さんに何が起こったのです？」

江藤はやや間を取ってから、意を決したように言った。

「それは本人から直接聞いたほうがいいでしょう」

「ご本人はどちらに？」

「市内の病院にいます」

「病院……？」

「話が聞きたいのならこれからご案内しますが……？」

「行きましょう」

佐伯は立ち上がった。

ベッドの上で上半身を起こしている串木田は、想像していたとおりの精悍そうな若者だった。

彼は二十八歳という若さで『エコ・フォース』の隊長をつとめていた。

だが、串木田の表情は暗く閉ざされていた。

佐伯が自己紹介をすると、串木田は、約束どおりに会えなかったことを詫び、病院まで訪ねてきてくれたことへの礼を言った。

そのあと、佐伯の立場を江藤が熱心に説明した。

串木田は興味深げにそれを聞いていた。

江藤の説明に佐伯が付け加えるべきことは何もなかった。

江藤が話し終わり、串木田が説明の内容を充分に吟味するのを待って、佐伯は何が起こったのかを尋ねた。

串木田は話し始めた。

話しているうちに彼は興奮してきた。話し終わるころには、抑えるのがやっとなくらいに興奮は高まっていた。

「ボランティアの学生ふたりはどうなったのです?」

佐伯は江藤に尋ねた。江藤はこたえた。

「腹を刺されたほうは命に別状なく、手術もうまくいきました。問題は目を切られたほうです」

「失明したのですか?」

「いえ……。ですが、角膜に傷がついて、視力がひどく衰えるだろうと医者が言っています。角膜移植をすれば視力が回復する可能性があるということですが、何分、角膜の絶対数が不足しているということで……」

「どちらもヤクザのやり口だ。ふたりとも、徹底的に恐怖感を植えつけられたはずです」

「そのとおり」

江藤はうなずいた。「ふたりとも大量の鎮静剤が必要でした。目を傷つけられたほうはいまだにパニック状態が続いています。医者の話だと、今後長期にわたって心理療法が必要だということです」

「私が不用意に立ち回ったせいだ……」

串木田がひとりごとのようにつぶやいた。

佐伯は愁嘆場に付き合う気などなかった。

「そう。おそらくあなたは不用意だった」

佐伯は言った。「ヤクザを相手にしたときには、どんなに用心してもし過ぎるということはないのです」

「威しに屈するわけにはいかなかった」

串木田が言った。「私たちは、体を張って環境を守ることをモットーにしているのです」

「ヤクザを相手に体を張っていたら、命がいくつあっても足りませんよ。彼らは普通の人が考えもつかないような残忍なことを平気でやってのけます。だからこそヤクザなのですよ」

「その点については……」

串木田はうなだれて力なく言った。「今回身にしみてわかりましたよ」

「誤解しないでください」

佐伯が言った。「私は、ヤクザの言いなりになれと言っているのではありません。やつらと戦うにはそれなりの方法があるのだ、と言っているのです」

「あなたはその方法を知っているというのですか？」

「少なくともやつらとやり合った経験は豊富ですね」

串木田は江藤の顔を見た。

佐伯の顔に視線を戻すと彼は尋ねた。

「まさか、あなたはヤクザたちと戦うためにやってきたわけじゃ……」

「いけませんか?」

「しかし、なぜ……?」

「私の上司は、いついかなる場合でも暴力団は許しがたいと考えているのですよ」

6

串木田は顔面を強打されて気を失ったために大事を取って入院していたが、検査が済めばすぐに病院を出られるはずだった。

気を失っていた時間が三時間を越える場合は脳への何らかの障害を心配しなければならないが、そうでない場合はたいてい問題はない。

串木田本人はすぐにでも病院を出たがっていた。

佐伯は検査の結果を待つように言って宿に引き上げた。宿までは江藤が車で送ってくれた。『エコ・フォース』のロゴマークが入った紺色のランドクルーザーだった。

佐伯が宿の玄関に入ろうとするとき、江藤が呼びとめた。

佐伯が振り向くと、江藤はおそるおそる尋ねた。

「本当に暴力団と戦ってくれるのですか?」

佐伯はこたえた。

「そのために私は来たのです。だが、私ひとりでは無理だ。あなたたちの協力が必要です」

「私たちは暴力に対しては無力です」

「だいじょうぶ。やりかたは私が考えます」

それでも江藤は不安そうだった。

佐伯はそれ以上の気安めは言えなかった。気安めは何の役にも立たない。暴力団を敵に回すというのは、ひどく危険なことなのだ。それは間違いない。

佐伯は江藤に背を向け、宿の玄関へと進んだ。

部屋へ戻ると、内村所長へ電話した。

まず白石景子が出て、すぐに所長につないだ。

景子はひとこと形式的なねぎらいの言葉を言っただけだった。個人的な会話を交わす間はまったくなかった。

内村が出ると、佐伯は報告した。

「カスミ網を撤去しようとした『エコ・フォース』隊長、串木田次郎氏はじめ計三名が、暴力団風の男に襲われてけがをしました。三名のうち二名は学生のボランティアだそうです」

「容態は？」

「串木田氏は、顔面に蹴りをくらって脳震盪《のうしんとう》を起こしたということです。問題はボランティアのほうですね。ひとりは腹を刺され、もうひとりは目を切られました」

「目を……？」

「そう。失明はまぬがれたそうですが、かなり視力は落ちるだろうということです。腹を刺されたほうは手術がうまくいったので、安静にしていればだいじょうぶとのことです」

「暴力団風の男とあなたは言いましたが、それが本物の暴力団員かそうでないかが問題ですね」

「私もそう思います。まだ確認が取れていないので何とも言えませんが……」

「どう思います？」

「奥野をつかまえて聞き出したのですが、今回の大がかりな密猟や密輸事件の背後には坂東連合系の艮組というのがいるらしいのです」

「ウシトラ組……」

「……おそらく、『エコ・フォース』と対立しているのもその艮組じゃないか、と……」

「なるほど……」

「やり口が、いかにも艮組らしいという感じがします」

「暴力団のやりかたは、どれも似たようなものだと思いますが……？」

「いや。やはり特徴があるんです。すぐにかっとなるやつが中心になっている組は、あやはりその色が出るんです。そういう組の連中は見さかいなく相手に嚙みつき、あっけなく人を殺すかわりに、尻尾も出しやすい。艮組には、乾吾郎という典型的なサディストがいましてね……。こいつは他人をいたぶるのが大好きなんです。『エコ・フォース』の連中は、好きなようにいたぶられたという感じがします」

「あなたの勘は信頼できるのでしょうね？」

「勘なんてものは、誰のものであっても信頼なんかできませんよ。経験による推測です。こいつは少しはあてにできるでしょう」

「わかりました。私はあなたのやりかたを全面的に支持します」

「どんな結果になっても？」

「どんな結果になっても」

「所長は日本の社会にあっては稀有な上司といえますね」

「部下を信頼している上司はいくらもいますよ」

「慣れないことを言われたもので気が動転しそうだ」

「必要なものがあったら言ってください。すぐに届けさせますから」

「警察手帳と拳銃を返してくれませんか」

「それ以外のものでしたら……」

「一番必要なものをくれないのではね……」

「また連絡をください」

佐伯は電話を切った。

所長は口がうまい。信頼するだのやりかたを支持するだのと言っても、結局は、佐伯に直接手を貸すわけではない。

だが、所長の一言のおかげで、仕事がやりやすくなったのも確かだった。少なくとも、気は楽になった。

それぞれに立場というものがあり、得意分野というものがある。

所長に荒仕事をやれと言っても無理なのだ。佐伯とともに行動すれば、間違いなく足手まといになるだろう。

そのことを、佐伯も内村自身もよく理解しているのだ。

佐伯は、ボストンバッグから衣類を引き出した。

バッグの底から、なめし革のシースを取り出す。

平たいシースで、そこに黒っぽく細長いものが並んで差してあった。

手製の手裏剣だった。

一本引き抜く。先端から三分の一ほどのところが最も太い。

尻のほうが徐々に細くなっている。

先端の側に重心が寄っているのだ。切先は鋭く磨かれて銀色に光っていた。

佐伯は手裏剣を手のひらに取り、先端を中指に合わせた。

人差指と薬指で両側から支え、親指で上からおさえる。

『佐伯流活法』には手裏剣術も伝わっている。佐伯は手裏剣の達人だった。

内村は佐伯のやりかたを認めると言った。たとえ、認められなくても佐伯は彼のやりかたを押し通すつもりだった。

つまり、暴力団相手に手裏剣を使うこともありうるということだ。

シースのなかには四本の手裏剣が収まっている。

その他に、二本の手裏剣があった。手裏剣とともにアスレチック・テープが入っていた。

二本の手裏剣は、テープで両方の足首に止めておくのだ。

シースは、拳銃のホルダーのように肩から下げるためのスリングがついている。佐伯は、すべての手裏剣を点検し終わると、再びボストンバッグの底にしまった。

階下へ降り、宿の従業員をつかまえてパチンコ屋は近くにないだろうか、と尋ねた。

中年の従業員は、すぐさま佐伯に共感を抱いたようだった。

「駅前まで行かないとね……。車で送ってあげますよ。何なら両替所も教えますが」

「いや……。単なる時間つぶしですよ。両替できるほど出せるとは思えません」

従業員はすぐにミニバンを出してくれた。夕食のころ、また同じ車で迎えに来てくれるという。

佐伯は従業員に五千円札を渡してパチンコ屋に入った。

玉を買って適当に遊んだ。しばらく時間をかせいで、帰り際に十個ほどのパチンコ玉をポケットに忍ばせた。

玉を打ち切り、店を出た。佐伯の目的はパチンコの景品でもなければ時間つぶしでもない。

パチンコの玉を手に入れたかったのだ。

約束どおり車が迎えに来て、佐伯は旅館に戻った。

彼は部屋には戻らず、散歩をするといって宿の近くを歩き回った。木が立っている小さな空地があり、佐伯はそこに足を踏み入れた。木は立派なケヤキの木だった。

佐伯は、木立ちから三メートルほどのところに立ち、ポケットからパチンコの玉を取り出して手のなかに握った。

一度に五個握っている。一個を人差指の腹に乗せ、それを親指の爪で弾いた。

その瞬間、ケヤキの幹が音を立てた。

佐伯は、続けざまにパチンコ玉を打ち出した。すべて狙ったところに命中し、佐伯は満足した。

パチンコの玉は、固い樹皮のなかに埋まっている。

佐伯はスイスアーミーのナイフを出し、パチンコの玉を回収した。

『佐伯流活法』で『つぶし』と呼ばれるこの技法は、中国武術では『如意珠《にょいしゅ》』などと呼ばれている。

五メートル以上離れると、ほとんど役に立たないが、三メートル以内なら絶大な威力を発揮する。

殺傷力はまったくないが、意表をつくのにはもってこいだ。『つぶし』という名がなぜついているのか、佐伯も知らない。『つぶて』が変化したのかもしれないし、もともと目を狙い、『目つぶし』として使うことが多かったのかもしれないと考えていた。

佐伯はパチンコの玉をポケットに戻し、旅館へ帰った。

コンピューターのディスプレイに艮組《うしとら》のデータを呼び出していた内村は、知らぬうちにつぶやいていた。

「鬼門英一……」

鬼門英一は艮組の組長で、典型的なインテリ・ヤクザのようだった。彼の経歴を見れば、誰でも彼の学歴に舌を巻く。

彼は都内の一流私立大学に入学、一年間、アメリカに留学している。

やがて七〇年安保で時代は騒然となり、大学は機能しなくなった。一九六〇年代の終わり、彼は、カナダに渡り、経営学を学んだ。

全共闘が挫折という言葉に酔い、怠惰な人生の言い訳にし始めたころ、鬼門は裏の社会で頭角をあらわしてきた。

鬼門英一がなぜ裏社会に身を投じるようになったかは明らかではない。

おそらく、本人にもはっきりした理由はわからないはずだった。

理由は持って生まれた彼の性格にあったのかもしれない。

彼は人生をゲームの連続と考えているタイプの男だった。賭けごとが好きで、たいていの賭けを経験していたが、それによって財産を失ったり、借金をしたりということはなかった。

ともあれ、いつしか彼は、坂東連合本家、毛利谷一家の盃《さかずき》をもらい極道者としての人生を歩み始めた。

そして三十五歳という若さで、貸元となり坂東連合傘下で組を興した。それが艮組だ。

彼が単なる経済ヤクザかといえば、決してそうではない。

場合によっては、武闘派も目を見張るような荒仕事をやってのける。毛利谷一家の若い衆時代には、鉄砲玉も経験している。

抗争では有能な兵隊として働いた。ベトナム戦争のときに、アメリカ軍は、優秀な兵士を選出して、そのプロフィールを調査したことがあったが、彼らはほぼ例外なく平均的なよい家庭に育ち、ガールフレンドを持ち、そして高学歴だった。

鬼門英一もまた、優秀な兵士の条件を満たしていたのだ。

艮組の組長となってからは、あまり表に出ることがなくなった。

鬼門に代わって動き回るのが、代貸、乾吾郎の役目だった。

乾吾郎は鬼門英一とは対照的な男だった。彼は根っからの暴力専門家だ。

中学生のときから暴走族に加わっており、喧嘩に明け暮れた。

結局、高校には進学できず、街のチンピラとなり、鬼門英一に拾われた。

乾吾郎はヤクザとなってから、充分に彼の能力を発揮した。水を得た魚のようだった。

彼の能力というのは、つまり本来持っていた残忍さだ。

学歴では鬼門英一に比べるべくもないが、乾も暴力の世界ではエリートだった。

内村は、このふたりの組み合わせから、さまざまなことを類推していた。

鬼門のような男は油断ならない。表向きの行動からは本心がつかめないからだ。

乾はおそらく鬼門のことを慕っているのだろうと内村は考えた。

不思議なことに、暴力専門家が、インテリにあこがれる場合がしばしばある。内村はそれを知っていた。

乾吾郎が鬼門を頼りにし、自分の人生を託しているというようなことも容易に想像できた。

しかし、鬼門が乾吾郎のような男を本当に信頼しているかどうかは疑問だった。互いに、他人にはわからぬ信頼を感じている、ということもあり得る。だが、鬼門のような男が相手だと、それは考えにくい——内村はそう感じていた。

そして、内村は自分の感じたことを大切にするのだった。

彼は受話器を取り、短縮ダイヤル・ボタンのひとつを押した。

電話は警視庁の捜査四課につながった。内村は奥野を呼び出した。

奥野は相手が内村だとわかると、油断のない口調で言った。

「どんな用かは知りませんが、警察官を利用しようなんて思っちゃいけませんよ」

「私も公務員ですから、お立場はよくわかるつもりです」

「公務員？　外郭団体の所長であるあなたが？」

「私の正式の身分は、環境庁の役人ですよ」

「それで、用件は？」

「千葉県の漁港で死んだ漁師は、どんな死にかたをしたのか知りたかったのです」

「千葉県警に訊いてください。ご存じと思いますが、警視庁というのは東京都の地方警察なのです。もっとも、千葉県警に訊いたところで教えるかどうかはわかりませんがね……」

「事件は確かに千葉県で起きました。しかし、警視庁でも関心を持っていると思っていましたがね……」

「どう思おうと勝手ですがね、つまらん用事で警察に電話するのはやめてもらいたいですね」

内村は奥野の機嫌などにはまったく頓着《とんちゃく》していなかった。

「私が考えているとおりだとすれば、漁師は殺されたのです。しかも、なぶり殺し……」

「へえ……。そうですか……」

奥野は取り合おうとしなかった。

しかし、彼の若さが災いした。平静を装ったのだが、声に緊張が表れた。

もちろん内村はそういうことに敏感だった。

「そして、昨日、岐阜県東濃地方山中で『エコ・フォース』という自然保護団体が襲われました。命に別状はなかったのですが、ひどく残忍なやられかたをしました。千葉の漁師がやられたのと同じような手口で……」

「いったい何を言ってるんです」

　奥野は、プライドのせいでかたくなな態度を取り続けている。だが、彼が内村の話に興味を持ち始めたのは明らかだった。

　内村は続けた。

「片や東京湾での密漁、そして片やカスミ網による野鳥の密猟。それにからむ殺人、および傷害事件です。あらゆる状況から見て犯人は艮組の乾吾郎でしょう?」

「あんたね……」

　ついに奥野は冷静なふりができなくなった。彼はうろたえ、声をひそめた。「いったい何を根拠にそういうことを……」

「根拠はあるが、証拠はない――つまり、今の警察と同じですね。たぶん、私の根拠は、あなたたちの根拠と同じだと思います」

「われわれがあなたと同じことを考えていると……?」

「そうなのでしょう?」

「知らんね。僕は直接担当しているわけじゃない」

「だが、あなたは艮組には関心がおありのはずです」

「暴力団には常に関心を持っています。仕事ですからね。僕はこれでもマル暴の刑《デ》事《カ》です」

「けっこう。私がお電話したのは、確認をしたいためです」

「確認？」

「千葉の漁師を殺したのも、岐阜のエコロジストにけがをさせたのも艮組の乾吾郎だということを」

「僕がそんなことをしゃべると思いますか？」

「しゃべっていただかなくてもけっこう。あなたの反応でだいたいのことはわかります」

　無言の間に奥野の怒りが感じられた。

　内村は言った。

「もし、千葉の漁師殺害や岐阜の暴力沙汰が乾吾郎のしわざなら、鬼門英一は、もっと大きな計画を持っているような気がするのですが……」

「大きな計画……」

「鬼門英一は、乾吾郎を捨て駒に使おうとしているのかもしれません」

「ばかな……。乾は鬼門の右腕ですよ」

　奥野は言ってから言葉を呑んだ。

　ついに彼は内村の話のペースに引き込まれてしまったのだった。

内村はそれを喜ぶでもなく勝ち誇るでもなく、きわめて淡々と言った。

「鬼門英一は、ある目的のために、ずっと乾を手なずけ、利用してきたのかもしれません」

奥野はしばらく考え込み、黙っていた。

内村も何も言わなかった。やがて奥野が言った。

「詳しく話が聞きたいですね。これからうかがってよろしいですか？」

このとき内村がかすかにほほえんだが、奥野がそれに気づくはずはなかった。

内村は言った。

「もちろんかまいません。お待ちしていますよ」

7

奥野が『環境犯罪研究所』にやってきたのは、内村と電話でやりとりした三十分後の、午後六時半過ぎだった。

まだ白石景子が事務所に残っており、彼女が奥野と応対した。

奥野刑事がこの事務所にやってくるのは初めてではないが、白石景子に会うのは初めてだった。

奥野はまず景子の美しさに眼を奪われた。次に、不思議な気品に心を動かされた。

白石景子は、きわめて事務的に受けこたえをしただけだが、まったくよそよそしさを感じさせなかった。

彼女は、頭のよさをさらに包み隠しておけるだけの知性を持ち合わせている。

そのために、態度は充分にひかえめだが、人当たりは柔らかく、しぐさはたいへんに優しい。

しかし、他人と適度な距離を保つことを忘れない。

「どうぞこちらへ」

そう言って彼女は所長室へ向かったのだが、その美しい後ろ姿に、奥野は溜め息を洩らしそうになった。

ファッションモデルを見てうっとりとする男性はあまりいない。一般にファッションモデルは普通の感覚を持つ男性にとってはやせ過ぎているのだ。モデルの体型というのは衣服に重きをおいて選ばれたものだ。つまり、ハンガーに近い。

だが、普通の男というのは衣服より女性の体の線を気にするものなのだ。景子の体は美しい丸味を持っていた。それでいて、全体の印象はすっきりしていた。

タイトスカートのスーツ姿はたいていの女性を美しく見せるが、奥野はこれほど美しいシルエットには滅多にお目にかかれるものではない、と思っていた。

所長室の戸口に立ち、景子が奥野のほうを向いた。彼女は優雅にほほえみかけていた。

気がつくとドアが開いていた。彼女は所長室へ奥野を招き入れようとしているのだった。

「どうも……」

奥野は景子の顔を見ながら部屋へ入った。

景子が小さく会釈してドアを閉めた。奥野は彼女が見えなくなるのがひどく心残りな気がしていた。

ドアが閉まって、奥野は部屋の奥を見た。

このとき、内村は正面を向いており、入ってきた奥野をじっと見つめていた。

これはきわめて珍しいことだった。誰が入室してきても、内村は右袖にあるコンピューターのディスプレイをのぞき込んでいるのが常だった。

内村は、興味深げな、何かをおもしろがっているような表情をしていた。

奥野は一瞬、心のなかを見透かされているような気恥ずかしさを覚えた。

「よく来てくださいました」

内村所長は机から見て斜め右側の位置に置かれているひとり掛けのソファを手で差し示した。

奥野はソファに腰かけた。

「刑事に対してそう言う人は珍しい」

「仕事のとき、ひとりでやってくる刑事も珍しいのではありませんか？　それに、テレビドラマと違い、刑事さんはたいてい大きなルーズリーフのノートを持ち歩いていると聞いていますが……」

奥野はしかめっ面をして見せた。彼は、残念ながら内村と腹のさぐり合いをして勝てるとは思っていなかった。

迷惑そうな顔をして見せるくらいが精一杯の抵抗と言ってよかった。

「僕らの仕事は線引きがむずかしくってですね……」

奥野の言葉は歯切れよくなかった。「ここまでは仕事でここからはプライベートというわけにはいかないんですよ。話を聞きたいのでここへやって来ました。つまり、仕事といえば仕事だが、退庁時間はとっくに過ぎているので、プライベートともいえるというわけです」

「私たちは共通の目的を持った仲間であると信じていますよ。あなたが仕事と思われようとそうでなかろうと私はかまいません」

「僕が公務だと思ったら、あなたに対しても公務執行妨害などを適用するかもしれませんよ」

「その点については平井弁護士と相談することにしますよ」

奥野は平井の名を聞いて鼻白んだ。

平井貴志《ひらいたかし》弁護士は、東京弁護士会に所属する民事介入暴力のエキスパートだった。

奥野は、平井とともに内村に丸め込まれていくような気がしていたのだった。

奥野は内村とのジャブの応酬はあきらめて、本題に入ることにした。

「艮組《うしとら》が何かをもくろんでいると言いましたね」

奥野が言った。「いったい何を……」

「それはわかりません」

内村はあっさりと言ってのけた。

「わからないって……」

「何をやろうとしているのかはわかりません。ですが、何かをやろうとしているように思えるのです」

「佐伯さんから話は聞いているのでしょうね」

「聞いています」

「密輸・密猟のバックに艮組がいると教えたのは僕です」

「知っていますよ」

「艮組は手の込んだ密輸や密猟で荒稼ぎをしている……。それだけでは不足だというんですか？」

「不足ですね」

「どうして?」

「まず密輸に関しては手が込み過ぎている。新聞によると、輸出に際して現地政府が発行する輸出証明書……、ええと、専門用語で何と言いましたっけ……?」

「サイテス」

「そう。そのサイテスの偽造までやっている。しかも、サイテスのサインは偽造だったものの、用紙は正規のものだったそうじゃないですか。つまり、かなり現地で事前に段取りをつけていたと考えられますね」

「鬼門ならやるでしょう」

「もちろん。だが、私が鬼門なら、たかがアロワナのためにそんな手間や金をかける気にはなりませんね」

奥野はわずかに眉をひそめた。

「だが、実際には鬼門はそれをやっている……」

「そう。だから、その先に何かあるのではないかと、私は考えているわけです」

「その先に……」

「もし、密漁をしていた漁船団の漁師が、乾に殺されたのだとしたら……、そして、岐阜で『エコ・フォース』の隊員が乾にけがをさせられたのだとしたら……、鬼門はなぜそんなことをやらせるのでしょう」

「暴力団ですからね……。不思議はありませんよ」

「そうかもしれません。しかし、もし、何か理由があるとしたら……」

「どんな理由です？」

「鬼門英一のもくろみ」

奥野は苦笑した。そうすることで少しでも内村の優位に立てるのではないかと思ったのだ。

しかし、あまり効果はなかった。奥野は苦笑を交えたまま、言った。

「鬼門を持ち上げ過ぎじゃないですか？　ただの暴力団員ですよ。やつらが暴力を振るうのにさしたる理由などあるはずがない。特に乾という男は、誰かを痛めつけずにはいられないんです。いつでも暴力を振るうきっかけを求めているような人間です」

「乾はそうでしょう。だが、鬼門はそうではありません」

「だからいいコンビだと言われているんですよ」

「鬼門という人間を考えたとき、それほど物事は単純だとは思えませんね……」

「鬼門を知っているのですか？」

「経歴や性格については資料があります」

今度は、奥野は本当に苦笑した。職業意識のせいだった。

「実際に会ってもいないのに、そういう憶測をするのは無意味だ」

「確かに実際に会って得られるものは多い。特に、あなたのような仕事では、そのことを重視するのでしょうね」

「そのとおりです。実際に話を聞いてみると、相手の言葉以上のことがわかるものです」

「そう。それはわかります。言葉以外のものが大切なのです。人間が会話するとき、言葉そのものが果たす役割は二割程度にしかすぎないといわれています。あとの八割は、相手の声の調子、表情、しぐさ、話の早さなどでコミュニケーションをしているのだそうですね」

「そう。ノン・バーバル・コミュニケーションというのですよ」

「だが、そのために見誤る、ということもあります。まったく先入観なしに、ある人物のデータだけを見つめていると、きわめて正確にその人物の形が浮かび上がってくる、ということもあるのです」

「つまり、そいつで……?」

奥野は内村のサイドデスクにあるコンピューターを指差した。

内村はかぶりを振った。

「これは単にデータを整理し呼び出すための装置に過ぎません。問題はここです」

内村は自分の頭を指差した。

常にひかえめな内村にしては、珍しく思いきった表現だった。

奥野は反論できなかった。

事実、内村はすでに、密輸・密猟の陰にひとつの組織が存在することを言い当てており、小さな漁師の死亡記事や岐阜の山のなかで起こった暴力沙汰から、正確なことを読み取っているのだ。

それらの事実をかたくなにはねつけるほど、奥野は愚かではなかった。

彼は考え込んだ。内村の言うことにも一理はある。

艮組が環境問題に抵触するような密輸・密猟を行っていることは警視庁も気づいている。

だが、それ以上の意味があると考えている者は、まだ警視庁にもいない。

千葉県警や岐阜県警にもいないはずだった。警察の判断はたいていの場合、正しい。しかし、常に百パーセント正しいとは限らない。奥野は自信を失いつつあった。

内村には、相手の自信を失わせるような独特の力があるようだった。賢者の力だ。

ここで職業意識を振りかざし、内村を無視することは、精神衛生の面ではいいかもしれないが、それ以外に得をすることはない——奥野はそう考え始めた。

もし、内村が正鵠《せいこく》を射ているとしたら、彼に付き合って情報を引き出し続けているほうがずっといい——彼は思った。

奥野は顔を上げ、内村を見た。

「さっきのあなたの質問にこたえておきましょう」

奥野は言った。「千葉の漁師は確かに殺されたと考え得る死にかたでした。刺し傷が三つあり、腎臓に達する刺し傷が致命傷と見られています。そして、全身に殴打されたあとがあり、なおかつ、右手の指がすべて折られていました」

内村はそれを聞いても表情を変えなかった。それがまた奥野には意外だった。

内村はうなずいた。

「なるほど……」

彼は佐伯から聞いたばかりの、『エコ・フォース』隊員のけがについて奥野に話して聞かせた。

奥野は眉をひそめた。

「ひとりは腹を刺され、ひとりは目を切られた……？　ただカスミ網を撤去しようとしていただけで？」

「片方は魚の密漁、そして片方は野鳥の密猟――偶然と言ってしまえばそれまでですがね……」

「偶然という言葉は捜査の上では禁句なのですよ」

そろそろ、おぼろげながら、奥野には内村が感じ取っているものと同じものが見え始めた。

彼は立ち上がっていた。

「有意義な話を聞けたような気がします」

奥野はそう言って退出しようとした。

内村が言った。

「こちらこそ。……ところで、どうです？　夕食でもごいっしょに」

彼はさりげなく付け加えた。「白石くんも誘って……」

「白石……」

「事務所の女性ですよ。さきほどあなたを応接した」

とたんに奥野は、素晴らしい景子の容姿を思い出した。

だが、彼は首を横に振った。

「いえ、用がありますので……。これで失礼しますよ」

用があるというのは嘘だった。

内村とこれ以上親しくするのを避けねばならないと思ったのだ。そして、内村に弱味を見せたくはなかった。

もし白石景子に惚れてしまったら、それは確実に奥野の弱味になるはずだった。

奥野がドアを開けると、景子はふわりと風のように立ち上がった。そのしぐさがあまりに優雅だったので、またしても奥野は見とれてしまった。

彼女は尋ねた。

「お帰りですか?」

奥野は無言でうなずいた。

彼女の甘く柔らかな声が耳に心地よく、彼は声を出すこともできなかったのだった。

景子はハイヒールで床を鳴らしながら出入口のドアに向かった。

そこで振り返り、奥野を見た。

奥野は、夕食の誘いを断わったことを、心から悔やみながら、出入口に近づいた。

絶妙のタイミングで景子がドアを開けた。

「失礼いたします」

景子はそう言って礼をした。

奥野は何か言おうと思ったが、声がかすれたりひっくり返ったりしそうでおそろしかった。

結局、彼はまたしてもうなずいただけで、出入口を出た。

そのまま、歩き出した。ふと立ち止まり、おそるおそる振り返ると、すでにドアは閉ざされていた。


その日、景子が帰ったあとも、内村は考えごとを続けていた。

いつものことなので、景子も気にしなかった。

しかし、そのとき内村が考えていたことは景子と無関係ではなかった。

内村は、奥野が景子に一目で心を奪われたことに気づいていた。

それが『環境犯罪研究所』に――もっと有体《ありてい》にいえば、暴力団狩りに、どういう影響があるかを評価していたのだ。

もちろん利用するという手もある。

そういう個人的な感情を利用した場合のメリットとデメリットも充分に考慮していた。

そして、奥野のそうした気持ちについて、佐伯はどう反応するだろうと内村は考えていた。

景子自身は奥野のことをどう思うだろう。そして、今、彼女は佐伯のことをどう思っているのだろう。

さまざまなことを考慮した末に、何ひとつ明らかにならないのに気づいて、内村は驚いた。

そして、彼は結論を出した。ただ、黙って成りゆきを見ているしかない。

彼はつぶやいた。

「なるようにしかならんな……」

内村は、自分の出した結論がきわめて俗っぽいものだということに気づいた。まるで、女性週刊誌の記事の視点だ。そのことについて、彼は妙な満足感を覚えた。

内村はあやうく、ひとりでくすくすと笑い出すところだった。

彼はそのことにケリをつけ、再び鬼門のことを考え始めた。

やはり内村の関心は鬼門と乾との関係にあった。

鬼門が乾のような暴力専門家と親しくするメリットは何だろう？

もちろん、鬼門が生きているのは、暴力が何よりものを言う世界だ。あの稼業では乾のような人間は充分に役に立つ。

暴力団が、暴力専門家をかかえ込んでいることに何の不思議もない。

むしろ、理性的な人間ばかりの暴力団というほうが考えにくい。

その点は充分理解しているつもりだった。

だが、やはりどこかひっかかるものがあった。

暴力団が暴力を行使するのは当たりまえのことだ。鬼門ものし上がるためには乾の力を必要としたことだろう。

つまり、乾を利用していたのだ。その点は納得がいく。

だが、現在、坂東連合系の貸元となった鬼門が、乾を使って人を殺したりけが人を出したりさせているのはどういうわけだろう――内村にはその点がどうしても納得できなかった。

暴力団対策法が施行されて以来、どの暴力団もおとなしくなっている。坂東連合は広域暴力団として、指定を受けており、本家から行動をつつしむようにとの回状も出されていると聞く。

なのに、鬼門は手荒なことを続けている。暴力団が暴力を使うのは当たりまえのことだが、その当たりまえのことが隠れ蓑《みの》になっているような気がするのだった。

そのとき、内村はふと気がついた。

奥野は、漁師が殺人と考え得る死にかたをしていると言った。ならば、警察はなぜ殺人事件と発表しなかったのだろう。

殺人と断定する材料が少なかったのだろうか。いや、殴打され、指を折られ、刺された人間を本気で事故死と考える者がいるはずはない。

どこかで事実の隠蔽《いんぺい》が行われたとしか考えられない。

それはなぜだろう。

内村はすわったまま、じっと考え続けていた。

考えること——それが彼の最大の仕事なのだった。

8

『ノース・イースト・コンフィデンス』社は赤坂のはずれにあった。今や赤坂は韓国からの移住民とヤクザの街といわれている。

暴力団事務所も多く、暴力団が出資しているクラブも多い。当然、暴力団員が遊びに行きやすくなる。

夜の赤坂の通りは黒塗りの高級車でいっぱいになる。

『ノース・イースト・コンフィデンス』社はかつてはそうした赤坂に点在する暴力団事務所のひとつだった。

艮組の組事務所だったのだ。

暴力団対策法が国会で討議され始めるはるか以前に、組長の鬼門英一はいち早く代紋を降ろした。そして、会社をひとつでっち上げたのだ。

暴対法施行に前後して株式会社を作った組は多いが、艮組はその動きに先んじていたのですべての手続が円滑に進んだ。

艮組の組員は、鬼門の頭のよさを信頼していた。そのため、組の代紋を外すときも、不満に思う者はほとんどいなかった。

だが、例外がひとりいた。代貸の乾吾郎だった。

乾吾郎は組の代紋に誇りを持っていた。それがつまらないものに対する誤った誇りであっても、男にとっては大切なものだ。

乾はただ粗暴なだけの少年といわれて成長した。彼は常に世の規範からはみ出していたのだ。

乱暴者だからこそ規範からはみ出し、規範からはみ出すからさらに乱暴者となる。彼は生きかたを考え直し、改めるほど理性的ではなかった。他人の同情を迷惑なものと感じていた。

中学生のころ、すでに同級生も教師も彼を恐れて近づかなくなっていた。そんななかで、同情心からか、興味からか、彼に近づいてきた女生徒がいた。

彼女は乾をまともな生活に戻そうという絶望的な目的を持っていたのかもしれない。その女学生は犠牲的精神の持ち主だったはずだ。

乾吾郎は心を入れ替えるどころか、そのクラスメートを強姦してしまった。

しかも、乾は彼女とセックスがしたかったのではない、強姦することで彼女がずたずたに傷つくことにひどく興奮したのだ。

性の経験のなかった彼女を、乾はほぼ一晩中いたぶり犯し続けた。

彼女はいまだに精神科の世話になっている。

このように、乾は近づく者すべてに嚙みついていた。常にひどいいら立ちを感じていたのだ。

乾のような生きかたをする人間には破滅が待っているだけだ。

彼はそのことを無意識のうちに悟り、恐れていたのかもしれない。

そして、彼は暴力の世界で初めて認められた。

社会的に容認されるべきではない集団内《サブカルチャー》で評価されたのだから、社会から認められていないという意味では何も変わってはいない。

だが、乾本人にとってみれば大きな変化だった。

そのときから、乾には艮組の看板と代紋はきわめて大切なものとなったのだった。

艮組の看板を降ろし、『ノース・イースト・コンフィデンス』という看板を出そうとしたとき、乾吾郎は、鬼門にはっきりと異を唱えた。

鬼門は頭のいい男なので乾の気持ちを思いやることができた。彼は乾の心情を理解できたのだ。

そして、鬼門は乾吾郎の主張を無視してつっぱねるような愚かなことはしなかった。

鬼門は乾と話し合い、ヤクザ者がこの先どうやって生き延びていくべきかを辛抱強く説明した。

そして、彼は代貸である乾に頭まで下げたのだ。

乾は折れるしかなかった。

鬼門というのは、目的達成のためには何をすべきか冷静に考えられる人間だった。頭を下げるくらいどうということはない。

だが、乾のような単純な男には、こうしたふるまいは効果があるのだった。

現在、鬼門英一は代表取締役社長、乾吾郎は専務取締役だった。

鬼門は社長室で、乾からの報告の電話を受けているところだった。

彼はたいへん物静かな男だった。その静かさは不気味ですらあった。

たいへん上品な仕立てのブルーグレーのスーツを着ている。暴力団員が好んでつける金のブレスレットやネックレス、大きな指輪などは一切身につけていない。

ヤクザ者が高級な時計やアクセサリー類を身につけるのには見栄だけの問題ではなく、理由があるのだった。

社会的に信用を得られない彼らはクレジットカードなどを作ることができない。そのためにいざというときすぐさま金にできるものを身につけて歩く必要があるのだという。

博打を打つときの心得のひとつでもあるらしい。

ヤクザ者がいい女を連れて歩くのも同じ理由による。いい女はすぐに金にできるのだ。

だが、鬼門はそうした習慣からいち早く抜け出していた。

ネクタイの柄もひかえめだし、ワイシャツはプレスのきいた純白のものを選んでいた。

だが、あまりにきちんとセットしたオールバックと、眼鏡にわずかだが色が入っている点がやはり堅気とは違った印象を与えた。

「環境保護だの何だのとお題目を唱える連中がうるさくってね……。ちょっとこらしめてやりましたよ」

乾が電話のむこうでうれしそうに言った。

「……見せしめというのは大切だ」

「そう。いい見せしめになったと思いますよ。こういう仕事ならいつでも大歓迎だ。

ことがなかったんで、思う存分やらせてもらってますよ」
「なあに……。『ノース・イースト』を作ってからってもの、どうもすかっとする
「助かるよ」
どこにでも出張しますよ」

「だがね……」

鬼門はあくまでも静かに言った。「やり過ぎはよくない。ほどほどにしないと警察だって黙ってはいないだろう」

「組長《オヤッ》さん。ヤクザというものがどうしてなくならないか知ってるでしょう。問題はやりかたなんですよ。警察《ヒネ》が入り込む余地のないようにやるんです。例えば、俺はこれまで何人か人を殺している。だが、刑務所暮らしで一生を終わるようなことはない。ヤクザにはヤクザのやりかたがあります。つまり、相手を徹底的に震え上がらすんですよ。警察《ヒネ》に通報するようななめたまねができないくらいにね」

「わかっているよ。君はそういうことが得意だ」

「まかせてください。ヘマはやりませんよ」

「『エコ・フォース』といったかな?」

「そうです。妙な名前でしょう。何のつもりか自衛隊みたいな恰好をしてるんで

す」

　鬼門はかすかにほほえんだ。

　乾には『フォース』が軍隊を意味することがわかっていないのだ。

　無知さもこういうところはかわいいものだ――鬼門は心のなかでつぶやいていた。

「連中が今後どう出てくるか……。様子を見るためにしばらくそちらに残ってくれないか」

「もちろんかまいませんよ。なに、やつらがどう言ってこようが、同じことですがね。うるさいようなら、またけが人が出るだけのことです」

「好きなようにやってくれ」

　鬼門は電話を切った。

　彼はごくかすかに溜め息をついた。他人が見てもその溜め息の意味はわかりそうにない。

　満足げな吐息のようにも見えるし、何か大切なことをあきらめるための溜め息にも見える。

　実際、乾の不満はほぼ限界まできていた。乾はいら立っており、いつ都内で面倒を起こすかわからない状態だった。

乾吾郎のような男は爆弾のようなものだ。使いようによってはきわめて役に立つが、あつかいを間違うと、大爆発を起こして大けがをすることになる。

鬼門は乾吾郎に合った任務を与えなければならなかった。

乾に手荒なことを命じたのにはほかにも大切な理由があったが、それについては誰にも話すことはできなかった。

艮組の若い衆は、鬼門を尊敬しているが、乾を慕っていることも明らかなのだ。

驚いたことに、乾は、確かに若い衆に人気があった。

残忍で生まれついてのサディストの乾だったが、艮組を唯一の帰属集団と考えているせいか、若い衆には親切だった。

しかも、彼は飾らずに若い衆と接した。強く頼りがいがあり、しかも気さくな代貸ならば人気がないはずはない。

とにかく、しばらくの間、乾に暴れてもらう必要があった。

鬼門英一の顔には何の表情も浮かんではいなかった。

実際、鬼門は乾には何の感情も持ち合わせてはいなかった。

かつて、自分にはない粗暴さに、心をひかれたこともあった。暴力の世界で鬼門がのし上がろうとするとき、確かに乾は頼りになった。

自分のために体を張ってくれる乾に、心から感謝したこともあれば、ふたりにしかわからないような共感を感じたこともある。

しかし、鬼門英一にとっては過去の話だった。

そして鬼門は過去に縛られるような男ではなかった。

彼は腕時計を見た。オメガ社の最高級品だが、そうとはわからないほど地味な造りの品を選んでいた。

八時を回っていた。

鬼門はインターホンでオフィスに残っている若い衆のひとりを呼んだ。

「はい、岩淵です」

「いつもの店に個室を用意するように言ってくれ」

「わかりました」

鬼門は食事に出ることにしたのだ。いつもの店というのは、事務所のそばにある小さなイタリアン・レストランだった。

個室を用意させるのも虚栄心からではない。ヤクザはいつどこに敵がいるかわからないので、一般のレストランなどでは落ち着いて食事ができないのだ。

彼らが個室でなく普通の席につくと他の客が迷惑するという理由もある。

だが、この理由こそ虚栄だ。ヤクザが素人の迷惑云々を言うとき、任俠の徒を気取っているのだが、その実彼らは、一般人をおびえさせ、傍若無人のふるまいをするのが大好きなのだ。

十分後にノックする音が聞こえた。ドアが開き、さきほどインターホンに出た岩《いわ》淵《ぶち》清彦《きよひこ》という組員が現れた。

オフィスからさっと光が差し込んだ。それだけ社長室は薄暗いのだ。鬼門は間接照明を好む。そして、どちらかというと暗い部屋で思索することが多いのだった。

岩淵清彦が告げた。

「席の用意ができたそうです」

鬼門はうなずいて立ち上がった。

岩淵はよく引き締まった体を紺色のスーツで包んでいた。髪はすっきりと刈られている。

一般人に嫌悪感を抱かせるヤクザ独特の奇妙な感じはどこにも見られなかった。

鬼門はその点を買っていた。岩淵は自分が堅気のビジネスマンに見えるように気をつけていたが、それは鬼門が強制したことではない。

岩淵が鬼門を見てひとりで学んだことだった。彼がたくましい体を維持しているのも、ヤクザとしては珍しい点だった。

ヤクザ者はたいていい自堕落な生活におぼれ美しい体型など維持できない。

岩淵は向こうっ気が強いタイプではないが忠実な男だった。与えられた任務を着実に、しかも満足な形でこなす。優秀な兵士のようなタイプだ。

鬼門は、これから必要な手下は岩淵のような男だと考えていた。

そういう訳で、岩淵は若い衆のなかではトップの兄貴分で、実質、艮組のナンバースリーの位置にいた。

イタリアン・レストランまで歩いて行った。

レストランのシェフはイタリア人で、鬼門のことを知っていたが、別に何とも思っていないようだった。

レストランではいつも鬼門はおとなしい客だったし、料理をほめることを忘れなかった。

謙虚にワインについて尋ね、会話の内容も上品だった。

イタリア人は、マフィアに対し一種独特の思いを持っている。それは、日本人がヤクザに対して抱く思いと似ているかもしれない。

シェフにとって鬼門はなじみのいい客だった。鬼門は食事の間、若い衆を見張りに立たせておくようなことはしない。いっしょに食事をさせるのだ。

岩淵ならばレストランでいっしょに食事をしても眉をしかめないで済む。岩淵は一応のテーブルマナーを心得ていたし、落ち着いて食事をする術《すべ》を知っていた。

いつものようにイタリア人のシェフが挨拶にやってきて、二言三言会話を交わした。

シェフが去ると鬼門は言った。

「忙しい一日だった」

岩淵は、夕食時の会話らしくリラックスした感じでこたえた。

「よく働いたあとはよく遊ぶべきです」

「そう。それでこそ人生だ」

「飲みに出かけますか」

鬼門はふと岩淵の顔を見つめた。

彼は話相手の顔に浮かぶごくわずかな、何かの兆候を見つけるのが実にうまい。

鬼門が足を踏みはずすことなく今の地位までのし上がるのに、その特技が役に立ったのは確かだった。

鬼門は言った。

「ほう……。珍しく落ち着きがないな……。どこか行きたい店でもあるのか」、
岩淵は悪びれずに言った。

「わかりますか？　六本木なんですが……」

「この私を付き合わせようというのか？」

「おいやならあきらめますが……」

鬼門はごくかすかに笑った。

わずかであれ、彼が笑顔を見せるのはたいへん機嫌がいいことを物語っている。

「正直者は得をする……。何という店だ？」

「『ベティ』です。ロアビルのそばなんですが……」

「車を回しておきなさい。食事が終わったら行ってみよう」


六本木の外苑東通りは、このところ厳しく駐車の取り締まりが行われるようになった。それでも、夜の違法駐車はなくならない。

岩淵はようやく車を駐めるスペースを見つけると、道の脇に車を寄せた。

「すいません。段取りが悪くて……」

岩淵は駐車に手間取ったことを詫びた。

「このあたりで駐車場か運転代理業をやったらもうかりそうだな……」

鬼門はつぶやいた。それが本気なのかどうか、岩淵にもわからなかった。

車を降りると岩淵が先に立って案内した。

「こっちです」

『ベティ』は、ほどほどに客が入っていた。

六本木のクラブの客筋は、景気のいいころはまず不動産屋だった。次に芸能界や広告代理店、スポーツ選手などのいわゆるギョーカイ人たち。

そしてヤクザだ。

六本木のクラブが銀座の老舗に逆立ちしても勝てないのはこの客筋の品だ。

かつて六本木のクラブでは、ドン・ペリニョンを何本も空ける不動産屋が必ずどこかの席にいたものだ。

ドン・ペリニョンを何本も空けるということは、その日の飲み代が数十万から百万以上になることを意味する。

バブル崩壊後、六本木からまず不動産屋が姿を消した。やがて、暴対法などの影響もあり、暴力団員が消えていった。

そのせいでつぶれるクラブが続出した。今では、はやる店とまったく客が入らない店がはっきりと分かれてしまった。

『ベティ』は、はやっている部類に入る。

席に案内されると、鬼門は岩淵に言った。

「美人なのだろうね？」

「え……？」

「君のお目当ての娘だ」

「これがすごいんですよ」

岩淵は常に素直に反応する。「今呼びましたからね、まあ、ごらんになってください」

黒服が、ホステスを連れてやってきた。

「ミツコさんです。よろしく、どうぞ……」

ミツコが会釈をする。

岩淵は誇らしげに鬼門を見た。

鬼門は言葉もなくミツコを見上げていた。滅多に感情を外に出さない彼だが、その顔に明らかな驚きの表情が見て取れた。

ミツコが席についてからも、鬼門は彼女を見つめ続けている。

岩淵はそんな鬼門を見て満足した。連れて来た甲斐があるというものだ。

「美しいな」

美術品を観賞するような眼差しで鬼門は言った。

「いやだ、照れるじゃないですか……」

ミツコはほほえんだが、そのほほえみにははにかみと同時に、嫌味のない自信がうかがえた。その自信が落ち着きとして感じられる。

「私は美しいものが大好きだ。人間は美しいものを見ていると心が豊かでいられる」

「心が豊かなら、何を見ても美しいと感じるんじゃないですか」

ミツコはすかさずやり返した。

このところ、間違いなくミツコの美しさに磨きがかかっていた。その美しさは、一種悪魔的ですらあった。男たちに魔法をかけてしまうのだ。

その夜、たいへん珍しいことだが、鬼門は閉店まで帰ろうとしなかった。

9

朝の七時に目を覚ました佐伯は、昨日『つぶし』を試した空地までやってきた。

両腕を大きく回し、肩の関節をほぐす。首を左右に倒すと頸椎《けいつい》が気持ちよく鳴った。

手首を振り、腰を回し、膝を回す。

筋肉をほぐす目的もあるが、関節をよく回すのには、実はもっと大切な目的がある。

気のとどこおりをなくすのだ。

東洋の医学や武術では気血の流れを大切にする、とよくいわれる。

西洋医学にたずさわる人々はこの気という概念を非科学的だと否定する。

だが、気は確かに流れており、体から放出されている。おそらくは、ナトリウム、カリウムといったイオンによって生み出される体内電流のはたらきのひとつなのだろうといわれている。

神経の情報はすべてこの体内電流で伝達される。また、けがが治るとき、独特の電流が発生することも知られている。

手当てという言葉は、もともとは文字どおり、けがや病気の部分に手を当てたことから発している。

手のひらをあてがうことは、鎮痛作用や治癒のはたらきがあるといわれている。体内電流は手のひらなどから電磁波として放出されており、それがけがを治す働きをするのだという説がある。

これが気による治療だ。

気が電気的なものだということはヨガの行者がよく知っている。

彼らは体内にすさまじいエネルギーを生ずるが、気のとどこおりがあると、その点で電気的なスパークが生じることがあるという。

実際に体内が焦げ臭くなったり、体表にやけどを生じることもあるらしい。

気のとどこおりは関節部で起こることが多い。ヨガの行者が関節を柔軟にする修行をするのは、そのこととおおいに関係がある。

日本に伝わる多くの武術も気の働きなくしては語れない。『佐伯流活法』も例外ではない。

気を重視するから、武術と治療術を同次元で考えることができる。そこから活殺自在という発想が生まれるのだ。

佐伯は全身の関節をほぐすと、ケヤキの木に向かって立った。

両足の左右の幅はほぼ肩幅と同じだ。その幅と同じくらい左足を引く。前後左右の幅が同じくらいなのだ。そして両足の膝を曲げる。

『佐伯流活法』独特の立ちかたで、他の空手や拳法にはあまり例を見ない。

例外は、形意拳の立ちだ。

これは、『佐伯流活法』の立ちによく似ている。

形意拳ではこの立ちかたを『剪股子《せんこし》』と呼んで重視している。決して前のめりにならない安定した立ちかたなのだ。

佐伯はその姿勢から、手のひらを交互に突き出した。手のひらでケヤキの幹を打つ。

その際に、充分に手のひらに体重が乗るようにする。

拳法の練習というより、相撲の『てっぽう』を見ているようだ。

『佐伯流活法』では、こうしてまず手のひらに体重を乗せることを覚えるのだ。木立ちを打つのは古くから伝えられている練習法だ。

うまく体重が乗るようになったら、今度はその体重を自在に操って、一瞬のうちに手のひらに伝えられるように練習するのだ。

このときに体のうねりを利用する。

体のうねりと関節の螺旋《らせん》運動をうまく使わないと『佐伯流活法』の打ち技はできない。『佐伯流活法』の打ち技は多くの場合手のひらで打つが、力が発するのは踵《かかと》だといわれる。つまり、後方の足の踵で、強く地面を踏みつけるのがまず第一だ。

その反作用を膝のバネ、腰のひねり、背骨のしなり、肩のひねり、肘の伸び、手首のスナップのそれぞれで増幅しながら伝えていく。

そして、手のひらから対象物に伝えるのだ。

体のうねりと同じく大切なのは呼吸法だ。臍下《せいか》丹田に気を貯える。打つときに、一気に吐き出すのだ。

その呼吸法によって打撃の威力は数倍になるのだった。

『佐伯流活法』では手のひらで打つことを『張り』と呼んでいる。

『張り』には、まっすぐに突き出すやりかたと、横から打ちつけるやりかたがある。

特に、横からの『張り』には、体の螺旋運動が重要だ。下半身からのひねりを利用しないと、ただのビンタになってしまう。威力がまるで違うのだ。

佐伯は、まっすぐに突き出す『張り』と横から打ちつける『張り』をケヤキの木を相手にたっぷりと練習した。

拳で突くことを、『佐伯流活法』では『撃ち』という。

胸のまえで構えた状態から、相手の体のむこうへ衝撃が突き抜けるように打つ。

撃ち抜くような威力があるところから『撃ち』と呼ばれているのだ。体の使いかたは『張り』と同じだ。『撃ち』の特徴は、どんな距離からでも、威力を発揮できるということだ。体のうねりは、パンチのテイクバックの代わりをしてくれるのだ。

空手や中国拳法でも、極上の突きは、距離が短くなおかつ威力のあるものだといわれている。

空手では『五寸打ち』と呼び、中国武術では、『寸勁《すんけい》』と呼ぶ。

佐伯は、拳が触れた状態からでも『撃ち』を出すことができた。

『撃ち』は、きわめて強力なために、狙う部位によっては殺し技とされている。

汗が体中から流れ始めた。

宿に戻り、シャワーを浴びてから朝食を取った。

食後、身じたくを始めた。

汗取りのためにTシャツを着て、その上からダンガリーシャツを着る。

動きやすい綿のパンツをはき、厚手の靴下をはいた。

パンツのすそをまくり、すねの脇に手裏剣をアスレチックテープで止める。左右の足に一本ずつ手裏剣を貼りつけた。

肩から四本入りの手裏剣シースを吊り、動かないように脇に紐を回して縛った。

その上から、薄手の綿のジャンパーを着た。

ヤクザといつどこで出会うかわからない。用意だけはしておかなければならないのだ。

最後にパチンコの玉をパンツのポケットに入れた。そのとき、宿の従業員が、来客だ、と告げに来た。

玄関には串木田次郎が立っていた。

昨日とは違って、浅黒い顔に精気がみなぎっている感じがした。

「検査の結果は?」

佐伯は尋ねた。

「異常ありません」

「それで、気分のほうは?」

「頭痛が少し残っていますが、どうということはありません」

「心理的な気分のほうは？」

「ひどいもんです。しかし、私がいつまでも落ち込んでいるわけにはいかないでしょう」

佐伯はうなずいただけで何も言わなかった。

実を言うと、佐伯は串木田を心のなかで賞賛していた。彼は不屈の精神というやつを持ち合わせているのかもしれない、と——。

串木田は、外に駐めてある紺色のランドクルーザーを指差して言った。

「よければ、すぐに現地を回りますが」

「お願いしよう」

佐伯と串木田はすぐに出発した。


ランドクルーザーはたくましく山道に分け入ったが、それも限界がある。

車で乗り入れる限度を、串木田はきちんと決めているようだった。

おそらく、それ以上行くと、引き返すときにひどく手間取るのかもしれないし、環境保護という点からも望ましくないのだろう、と佐伯は考えた。

車を駐《と》めるポイントまで来ると、串木田と佐伯は徒歩で進んだ。

山に慣れている串木田の歩調は軽快だった。軽快過ぎて佐伯にはちょっとばかり迷惑ですらあった。

佐伯も、自分の体を甘やかしているほうではないが、慣れている者にはかなわない。

どんな登山家も、山で暮らしている者にはかなわないし、マリンスポーツの愛好家も漁師にはかなわない。

それでも佐伯は何とか串木田のペースについていった。

山道は細く、いたるところに木の根が這っている。油断すると足をくじきそうだった。

山に慣れている者とそうでない者は、ここで差が出る。足もとに気を使いすぎて、たちまち体力を使ってしまうのだ。

山歩きに慣れると、踏み出した足の感触で調節ができるようになり、滅多に足をくじいたり滑らせたりしなくなるのだ。

串木田が立ち止まった。

佐伯は、彼が自分に気をつかって止まったのかと思った。

だがそうではなかった。串木田はまったく別のところを見ていた。

串木田は左方を指差した。

「あそこです」

佐伯はそちらを見た。始めは何があるのかわからなかった。だがやがて、白っぽく霞がかかったような感じがわかるようになった。

「あれがカスミ網……？」

「そう。近くまで行ってみましょう」

串木田は山道からそれて灌木《かんぼく》と下生えのなかに分け入った。

すぐ近くにいないと、生い茂る灌木のせいで串木田を見失ってしまう。少し進むとたちまちもとの道がわからなくなった。

佐伯は不安を感じたが、串木田はまったく平気な様子だった。

すぐに灌木の茂みを抜けた。膝より低い下生えの生えた一帯で、視界が開けていた。

串木田はそこに立ち止まり、見上げた。

カスミ網が張ってあった。カスミ網は、自然の木を利用して張られている。

「大がかりなものになると、竹などで作った支柱を立てて張るのです」

串木田が説明した。「これなどは規模の小さなほうです。かわいいものですよ」

「撤去するんだろう?」

佐伯が尋ねると串木田はうなずいた。

串木田は、ナイフを取り出して木に縛りつけてある網の一端を切り始めた。串木田のナイフは新品だった。

愛用のナイフは、学生ボランティアの目を切り、腹を刺すのに使われた。警察が証拠品として押収したのだ。

警察は串木田の訴えを聞き入れた。しかし、きわめて慎重で、本当に串木田の主張どおりのことが起こったのかどうか、時間をかけて調べることにしていた。

しかも、警察は、相手のヤクザがいったいどこの誰なのかまだ知らない。手の出しようがないのだ。

おそらく捜査は進んでいるのだろうが、串木田たちから見れば、警察はまた何か起きるまで静観しているように見える。

佐伯は勝手がわからず、しばらく串木田の動きをただ見ていた。

山のなかというのは、圧倒的なほどの気が充満している、と佐伯は感じていた。木々も気配を持っている。

古代の日本の神道は山そのものをご神体としていた。日本の山岳信仰はその後、仏教にまで影響をおよぼし、日本独特の山岳仏教を形成した。

ヨーロッパでも、森の精などといった話が語り伝えられている。ケルト人などは森林そのものを信仰の対象としている。

自然に対して素直だった古代の人々は、山林の発する気を感じ取っていたに違いない。

気というのは生体エネルギーなので、生命のあるものはすべて気を持っている。

ふと佐伯は、木々のものとはまったく違う気配を感じて振り返った。

灌木の枝を押し分けて、男が現れた。

男たちは三人いた。

パンチパーマの男が先頭だった。そのうしろに深い剃り込みのある角刈りの男とオールバックの男が続いている。

佐伯は串木田の顔を見た。串木田は三人に気づき、顔色を変えていた。

恐怖と怒りが入り混じった表情だった。

パンチパーマの男がにやにやと笑いながら言った。

「カスミ網ってのは、いろいろな獲物がかかっておもしろいよな」

佐伯はその言葉を無視して串木田に尋ねた。

「あんたたちを襲ったのはこの男たちか?」

「そうです」

「なるほど……。網を張ってまた撤去に来るのを待ち受けていたってわけだ……」

「そうだ」

パンチパーマの男が言う。「一度でわからなければ、何度でも言い聞かせてやる」

彼は相変わらずにやにやと笑っている。

佐伯は言った。

「東京の街んなかでぐれてるヤクザ者が、こんな山のなかを歩き回れるとは驚きだ。なあ、乾」

パンチパーマの男は、笑いを消し去った。佐伯をしげしげと見つめる。彼が乾吾郎だった。

「てめえ、何者だ……?」

「おまえらに名乗りたくはない。あとがこわいんでな。俺は気が弱いんだ」

乾は慎重になった。

佐伯の態度が普通と違っていたからだ。佐伯は乾たちを恐れてはいない。

虚勢で強がっているのではないことはすぐにわかった。乾のような人間はそういうことには敏感だ。

乾にとって、自分たちを恐れない人間というのはきわめて珍しい。そして相手は自分の名前を知っていた。

考えられることはあまり多くはない。

乾と同じくらい大きな組織の後ろ楯を持った暴力団員か、そうでなければ警察官だ。

佐伯はヤクザ者には見えなかった。

乾は言った。

「警察《ヒネ》か……？」

「だったらどうする？」

「別にどうもしねえよ……」

乾の口調は急に歯切れが悪くなった。「俺たちは山歩きの最中に、あんたらと出会った。ただそれだけじゃねえか……」

「さっきはおもしろいことを言ったな」

佐伯は言う。「カスミ網を張っておいて、それを撤去に来るのを待ち受けている、と……」

「知らんな。忘れた。山道で出会った見知らぬ人と挨拶の言葉を交わしただけだ」

「疑問にこたえてくれよ。どうしておまえのようなやつが山のなかを歩き回れるんだ?」

乾はうんざりした表情で佐伯を見、角刈りの男を親指で差し示した。

「こいつが群馬の山育ちなんだよ」

佐伯はその男を見た。佐伯はその男にも見覚えがあった。どこで見たのかは覚えていない。街角で見かけたのかもしれないし、前科者のカードのなかに彼の写真があったのかもしれない。

奇妙なことに、その角刈りの男も佐伯の顔をしげしげと見ていた。

佐伯はその男の態度が気になった。

乾は佐伯の視線に気づき、角刈りの男を振り返った。

乾も角刈りの男の態度を妙だと思った。彼は尋ねた。

「どうしたんだ?」

角刈りの男は自信なさげにつぶやいた。

「こいつ……。佐伯……」

「何だ?」

乾はもう一度尋ねた。角刈りの男は、今度ははっきりと言った。

「間違いない。兄貴、こいつは佐伯ですよ」

乾は佐伯の顔を見た。あらためて顔を見つめる。

「そうか……。こんな場所で会ったんで気がつかなかった……」

佐伯は心のなかで舌打ちをした。自分の顔がこれほど売れているとは思っていなかったのだ。

思えば、警視庁時代の佐伯は暴力団の世界では有名人だった。ヤクザ狩りを続ける暴力刑事として名が通っていたのだ。

佐伯はしらばっくれて言った。

「俺はあんたらと過去に会った覚えはないがな……」

乾の態度に自信が戻っていた。

「おまえにつぶされた瀬能《せのう》組も泊屋《とまりや》組もうちの親戚筋なんだよ。おまえが俺たちのことを知っているように、俺たちもおまえのことを知っている」

「因果なものだ」

「てめえ、警察《ヒネ》のふりなどしやがって……。知ってるんだぜ。てめえは警察をクビになったんだ」

「そいつは間違いだ」

「いいや。てめえは、環境庁だか何だかの外郭団体に就職したはずだ」

「認識をあらためろ。俺は今でも警察官だ。部長刑事の身分のまま、『環境犯罪研究所』に出向しているんだ。おまえのような連中がいるせいでな」

「だまされねえよ」

乾は言った。「警察をクビになったてめえなんぞはまったくこわかねえんだ」

乾はまた、にたにたと笑い始めた。

彼は右手を綿パンツのポケットに差し込んでいた。

警察官と思わせておいたほうが、この場は楽だった。しかし、こうなってはしかたがない、と思った。

佐伯は串木田に言った。

「話し合いができる相手とできない相手がいるんだ。離れていてくれ」

串木田はあっけにとられた顔で成りゆきを見ていた。

乾の脇から、オールバックのボクサーくずれが歩み出た。

下生えが深く、ボクサー独特のしなやかな歩きかたはできなかった。しかし、彼のパンチは充分におそろしいはずだ。

さらに一歩佐伯に近づこうとしたボクサーくずれは、突然、あっと叫び顔面を両手でおさえた。

10

そのとき、何が起こったのかわかっていたのは佐伯だけだった。

ボクサーくずれは、突然、目の下に激痛を覚えたのだ。

乾も角刈りの男も、串木田も、いったい何が起こったのかまったくわからずにいた。

ボクサーくずれの顔面からパチンコ玉がはね返ったが、それは下生えのなかに落ちたために誰も気づかなかった。

ボクサーくずれは、おそるおそる両手を離した。

彼は蜂にでも刺されたのだろうかと考えていた。

まだ顔に痛みがあった。ちょうど頬骨の少し上あたりだ。彼はそこにそっと触れてみた。虫に刺されたようなあとがないか調べているのだった。

「どうした」

乾がいら立たしげに訊いた。

「いや、なんでもありません。虫か何かがここに……」

ボクサーくずれはぼそぼそと言ってから、あらためて佐伯のほうを見た。

そのとき佐伯は二発目の「つぶし」を撃った。親指で弾くだけなので、まったく動いたようには見えない。

『つぶし』に気づいた者はいなかった。

再びボクサーくずれが顔面をおさえた。

「何だ?」

乾がわめいた。

「山にはいろいろな守り神がいてな。悪いやつをこらしめてくれるんだ」

佐伯が言った。

二発の『つぶし』をくらって、超自然的な恐怖を感じ始めたボクサーくずれは、ぼんやりとした顔で佐伯を眺めていた。

「どこかに仲間がいやがるのか?」

乾が言った。

ボクサーくずれと角刈りの空手使いが、その言葉を聞き、周囲をしきりと見回した。

「どうかな……？」

佐伯は余裕の表情で言った。

「野郎！」

今度は、空手使いが歩み出した。

佐伯はその場を動かない。

角刈りの空手使いは、深い下生えを踏み越えるようにして勢いよく佐伯に近づいていった。

だが、彼もオールバックのボクサーくずれとまったく同じ恰好で立ち尽くした。

角刈りの男はやはり両手で顔面をおおった。佐伯はこれまで実際に『つぶし』を何度も使ったことがあるが、相手はたいていこれとまったく同じ反応を示した。

人間が咄嗟《とっさ》のときに見せる防護反応というのは誰でも同じようなものなのだ。

だから武術の技が成立する。

武術の技というのは、強引な破壊力のことを言うのではない。

人間の反射を最大限に利用するのが最高の技だ。

一度ひるんだ角刈りの男だったが、そこから、さらにしゃにむに突進してきた。

「やめたほうがいい」

佐伯は言った。

角刈りの男はかまわず殴りかかってきた。フルコンタクト空手独特のアップライト・スタイルの構えから、肘を外側に開いたフック気味の突きを出してきた。

左、右、とワンツー・パンチのタイミングで打ち込んできた。

ワンツー・パンチというのは、一発ずつ、二拍で打つのではない。八分音符と、四分音符の感じだ。

つまり、一発目と二発目の間は半拍しかない。

そのために、二発目は時間差攻撃の形になる。たいていは、一発目をかわしても二発目はかわせない。

佐伯は一発目も二発目もかわしはしなかった。

それまで待っていなかったのだ。相手が殴りかかってくると感じたその瞬間に、まっすぐ『張り』を突き出していた。

下生えに足を取られるおそれがあるので、歩は進めなかった。

その代わり、体重を『張り』に思いきりかけるために前傾姿勢になった。

どんな武道でも自分が技を出した瞬間が最も無防備になる。

自分の技に自信を持っていればいるほど、その瞬間が隙になる。

だから剣道家は一の太刀を鍛える。かわしようもなく受けようもない初太刀があれば迷わずに攻撃することができる。

事実、どんな武道でも、攻撃を仕掛けるときがいちばん難しいのだ。

佐伯は、その攻撃の瞬間をとらえた。

彼の手のひらは相手の顔面に激突した。手首に近い部分――空手などでは掌底《しょうてい》と呼ぶが、そこは場合によっては拳よりも破壊力がある。

掌底がちょうど空手使いの顎に入っていた。

相手の右フックが、佐伯の左肩口に当たっていた。

しかし、カウンターで顔面に一発くらったため、のけぞった形になった空手使いのフックは完全に死んでいた。

空手使いはあおむけに倒れていた。

一瞬にしてひっくり返されたため、何が起こったのかわからなかったはずだ。

「くそっ!」

角刈りの空手使いは、一声罵声を上げるとあわてて立ち上がった。

佐伯はすぐ近くに立っていた。

角刈りの男は、自分が佐伯の間合いにいることに気づいていない。

近くにいれば、それだけ自分の突きや蹴りの威力を生かせると思っているのだ。

彼はいきなり、右のローキックを繰り出した。

ローキックは強力な技だ。

特に、中段の位置から振り降ろすように蹴るローキックはおそろしい。

膝から十センチくらいの大腿部の外側に決まったら一発で立てなくなる。

膝に蹴り降ろせば、関節を痛めることもできる。

地味な技だが、フルコンタクト系空手の試合で最も一本を取る可能性が高いのがこのローキックなのだ。

だが、それも、タイミングと間合いが適切な場合だ。

佐伯は、相手が蹴りを出すと思った瞬間に、さらに近づいて、自分の膝を、相手の蹴り足に向けて突き出した。

蹴りは、突きの三倍の威力があって恐ろしい、などと言われるが、それはその破壊力が充分に生かされたときだけだ。

人間は二本足で立っている。そのこと自体がたいへんに不安定な状態だ。

蹴り技を出すときはさらに不安定になっている。たった一本の軸足だけで全体重を支えなければならないのだ。

佐伯は近づくことによって、蹴りの最大インパクトのポイントを外した。

自分の膝で相手の膝を迎え打つ形になった。

相手の膝は伸びながらぶつかってくる。こちらは曲がりながら、それにカウンターとなる。

佐伯のほうが圧倒的に強い。フルコンタクト系空手の選手は、タイヤなどを蹴ってすねを鍛える。

それ自体はきわめて有効な鍛練であり、肉体を武器化するというのは空手の最大の魅力だ。

しかし、無敵ではない。

このようにポイントをついた反撃にはやはり負けることもあるのだ。

空手家はまたしてももんどり打ってひっくりかえった。

佐伯は膝で蹴りを迎え打つと、すぐさまその足で相手の足をひっかけ、また掌底を相手の顎に見舞ったのだった。

今度は、角刈りの男は軽い脳震盪を起こしたようだった。

すぐには起き上がらず、焦点の合わない眼で佐伯を見上げていた。

佐伯が離れると、角刈りは頭を振ってのろのろと立ち上がった。

佐伯は三人のヤクザに背を向けて串木田のほうに歩いていた。

「ふざけやがって」

ボクサーくずれがまた佐伯に挑もうとした。

佐伯は振り向きざま、右手を一閃させた。

ボクサーくずれの顔をかすめ、すぐうしろの木に手裏剣が刺さった。

ボクサーはビデオのストップモーションのように動きを止めた。

ボクサーは振り返り、手裏剣に気づくと、ぞっとした表情になった。

佐伯は冷やかにその様子を眺めていた。

彼は乾に言った。

「ボランティアの学生にけがさせたそうだな」

乾は何も言わない。

彼は頭にきているのだった。暴力専門家が、暴力で勝てないことを思い知らされているのだ。

彼にとってこれ以上の屈辱はなかった。

この屈辱を晴らすためなら、彼は何でもやるだろう。

だが、今この瞬間は無理だ。

佐伯はさらに言った。

「同じことを、俺はおまえたちにできる。しかし、やらない。今はな……。だが、この次に会ったときはわからない。俺はおまえのやりかたに腹を立てている。おとなしくこの場から去って、二度と俺のまえに現れるな」

このときの乾の眼はすさまじかった。

怒りのために放電しているようにさえ見えた。

だが、どうすることもできない。

すでにボクサーくずれも、空手使いも戦意を失いかけている。

「佐伯……」

乾は押し出すように言った。あまりの怒りのため息が乱れて声が嗄《か》れていた。

「このままで済むと思うな」

彼はありきたりの捨て台詞を吐いた。

そして、くるりと背を向けて去って行った。ふたりの舎弟分があとに続いた。

佐伯は立ち尽くしたまま、その姿が灌木のむこうに見えなくなるのを見ていた。

彼らが消えたあとも、佐伯はじっとそちらを見ていた。

やがて、佐伯は静かに吐息をつき、全身の緊張を解いた。

確かに彼は緊張していた。

ヤクザを相手にしてすくみ上がらない者はいない。佐伯も例外ではない。ただ、その恐怖に打ち勝つことができるし、相手に緊張していることを悟られないようにすることができる。

ただそれだけのことだ。

佐伯は、乾の捨て台詞をありきたりのものとは感じていなかった。

それを聞いたときには、実際に背筋が寒くなる思いがした。

乾が、本当にこのままでは済まさないだろうということがわかった。

串木田は驚きの表情で佐伯を見つめていた。佐伯は串木田の視線に気づいて言った。

「ああいうやつらに力で対抗しようというのは愚かだ。愚かであり危険なだけだ。しかし、時にはそれが必要だ」

「しかし……」

「私はやりかたを心得ているつもりだ。それが大切なのだ」

串木田は、黙っていた。

さまざまなことを考えているようだった。佐伯は串木田が必要以上の無抵抗・非暴力主義でないことを祈った。

そうした場合、佐伯を受け容れない可能性があるからだ。『エコ・フォース』に拒否されては佐伯も動きようがない。

やがて、串木田は言った。

「なるほど……。あなたはあなたのやるべきことをやる。私は私のやるべきことをやる」

「そのとおり」

串木田は佐伯から眼をそらし、カスミ網を見上げた。

「だが、協力し合う必要がある——そうでしょう」

佐伯はうなずいた。

「そう。双方にとって、それが必要だ」

今度は串木田がうなずいた。

「手を貸してください。私がナイフで切ります。あなたは下で網を巻き取るように引っ張ってください」

佐伯には「手を貸してください」という言葉が象徴的な意味に聞こえた。事実、そのとおりだったのかもしれない。

佐伯は、「わかった」と言った。

乾は宿に帰るまで罵りのつぶやきを吐き続けていた。

宿は小さなホテルだった。従業員は明らかに乾たちを迷惑に思っていたが、当然、乾たちはそんなことを気にする連中ではなかった。

乾は部屋に帰るとすぐさま電話をした。

「はい、『ノース・イースト・コンフィデンス』」

呼び出し音一回で相手が出た。

「おう。俺だ。組長《オヤジ》、いるか？」

「ご苦労さんです。お待ちください」

一度電話は保留となり、またつながった。そのわずかの間待たされるだけで、乾はいら立った。

「乾か……？」

鬼門英一の静かな声が聞こえてきた。

「組長《オヤジ》。『エコ・フォース』はとんでもねえやつをかかえ込みやがった」

「どういうことだ？」

「佐伯だ。あの佐伯が現れやがった」

沈黙の間があった。ややあって鬼門は言った。

「順を追って説明してくれ」

鬼門の声には一種の鎮静作用があるようだった。

興奮していた乾は、急に落ち着いた気分になってきた。

彼は話し始めた。

「『エコ・フォース』のやつら、俺たちの警告をどう受けとめているかと思いましてね……。カスミ網を仕掛けて、そのそばで張ってたんですよ」

「なるほど……。警告をどう受けとめているか……?」

「そうです。そこへ『エコ・フォース』の串木田というやつがやってきました。隊長です。その串木田といっしょに、佐伯が現れたのです」

「佐伯涼……?」

「そう。あの瀬能組と泊屋組をつぶしちまった……」

「乾……。言葉に気をつけたほうがいい。どちらの組も佐伯につぶされたわけじゃない。自主的に解散したんだ」

彼らにとって、こういうたてまえを押し通すことが大切だった。

「すいません……。その……、瀬能組と泊屋組が解散するきっかけを作った佐伯が……」

「君たちの邪魔をした……？」

「そういうことなんで……」

またしばらくの間があった。

乾には、鬼門が何を考えているのか見当もつかなかった。

しかし、鬼門が頭を働かせていることはわかった。それだけで充分だった。

鬼門が言った。

「どうだ？　佐伯は手強そうか？」

「ええ……。そりゃ、まあ……」

「君の手にあまるくらい？」

乾は誇りを傷つけられたような気がした。

「いえ……。そんなことはありません。今回は、いってみれば、不意打ちみたいなものでしたから……。まかせてください。場合によっては片づけてもいい……」

「見栄は張らんでくれ」

鬼門はあくまでもおだやかに言った。「冷静に判断してほしい。大切なことなんだ」

「だいじょうぶですよ、組長《オヤッ》さん」

乾は言い切った。本当にそう信じていた。暴力に関しては、彼は実績があった。

「何か必要なものは？」

乾はそう聞かれて、ない、とこたえそうになった。

しかし、そのとき、ふたりの手下が急に叫び声を上げて顔面をおさえたのを思い出した。何が起こったのかはわからない。だが、佐伯が何かをやったらしいということはわかった。

そして、佐伯が手裏剣を使うところを見ていた。

乾は言った。

「飛び道具がありゃ心強いですがね」

「わかった。届けさせる」

「佐伯の野郎を消しちまっていいんですね？」

鬼門はまた考えるための間を取った。

「いや……。警察官というのは、退職しても何かと現役時代のつながりがあるものだ。佐伯の場合はどうなのか調べてみないと……」

「やつはおそらく懲戒免職でしょう。その心配はないと思いますが……」

「待て……。たとえそうでも、確認をしたほうがいい。警察が本気で敵に回ったら、取り返しがつかん」

「それはわかりますが、しかし、やつのほうから仕掛けてきたら……」

「何とか切り抜けてくれ。君ならできるはずだ。大至急調べて、返事は届け物といっしょに持たせるから……」

乾はこれに弱かった。鬼門は頭ごなしに命令するのではなく、彼に訴えかけるのだ。

乾は折れるしかないのだ。

「わかりました」

「腕の見せどころだ。たのむぞ」

鬼門のほうから電話を切った。

乾は受話器を置くと言った。

「佐伯の野郎は俺が片づける。他のやつには渡さねえ……」

11

鬼門はすぐに岩淵清彦を呼んだ。

「お呼びですか、社長」

岩淵は乾と違って、今では鬼門のことを社長と呼ぶ。

乾には何度そう言っても聞かないのだ。

乾にとっては大切なことなのかもしれない、と鬼門はあきらめていた。

「佐伯涼のことを調べたい。大至急だ」

岩淵は一瞬戸惑ったようだった。佐伯涼と言われてぴんとこなかったのだ。

「佐伯涼……」

「私たち極道者に異常な憎しみを持っている刑事だ。……いや、今はもう刑事じゃないが……」

「ああ、例の……」

「わかる限りのことを知りたい」

「はい」

岩淵はドアのむこうに姿を消した。

ヤクザというのは情報産業だと言った人がいる。本当に彼らの情報収集能力はすごい。

大新聞社の記者が、ある広域暴力団を取材した際に、それを思い知らされた、というエピソードがある。

その新聞は、暴力団撲滅キャンペーンを張っていた。

記者が広域暴力団傘下の組を取材し、記事にした。

その後、しばらくして組長から記者の自宅に電話があった。記者はびっくりした。

取材の際に名刺は置いてきたが、自宅の住所も電話番号も決して教えなかったのだ。

もちろん、新聞社では記者の自宅の電話番号を問い合わせてきても、教えたりはしない。

その暴力団組長は記者の家族の名前まで知っており、記者はひどく気味の悪い思いをしたということだ。

十五分ほどして岩淵は一冊のファイルを持って社長室に現れた。

そのファイルが何であるか鬼門は知っていた。

本家から送られてくる書類が綴《と》じてあるのだ。

回状のコピーなどの書類もあるが、ほとんどは機関紙だった。

この機関紙の定期購読料として安くない金を取られている。

「泊屋さんが警察につかまったとき回った回状に、佐伯のことが書かれていたはずです」

岩淵はその書類を見つけ出した。「ありました。これです」

鬼門はそれを一度読んでいる。

しかし、読んだときには、佐伯と自分が関わり合いになるとは思ってもいなかった。

そのために、ほとんど内容を覚えていなかったのだ。

鬼門はあらためて読んだ。

佐伯が警察をやめたあと、『環境犯罪研究所』に勤めていることや、唯一の身寄りともいえる親類を一年ほどまえに失ったことが書かれてある。

「天涯孤独というやつか……」

「やつの伯父の家族を殺しちまったのは、瀬能組だったと聞いていますが……」

鬼門は書類から顔を上げなかった。肩ひとつ動かさない。

「そういえば、そういう話を聞いたこともあるな……。確か爆薬を積んだ車を家に突っ込ませたとか……」

「はい……」

「その家はどうなっているんだろうな……」

「調べてみます」

「たのむよ……。佐伯がどこに住んでいるのかもな……」

「わかりました」

「しかし、この『環境犯罪研究所』というのは何だ……」

「非営利団体だということですが……。環境庁の外郭団体のようです」

「環境庁……。なるほど、カスミ網を問題にしたがるわけだ……。しかし、それにしても、乾に食ってかかるとはな……」

「は……？」

「乾たちのまえに佐伯が現れたのだそうだ」

「岐阜にですか？」

「そう」

「面倒なことになりそうなんですか？」

「どうかな……。君は岐阜へ発てるか？」

「ええ……」

「乾に届けものをしてほしい」

「わかりました。……で、何を？」

「拳銃を三挺ほどね……」

「では、すぐに手配しておきます」

鬼門は身近に銃を置くような危険は冒さない。それでいて、暴力団としての戦闘能力は確保してある。

武器はいろいろな場所に分散して隠してあるのだ。信頼できる組員の自宅や、きわめて口が固い倉庫会社などを利用している。倉庫会社にはもちろん艮組の息がかかっているのだ。

「乾のところへ行くまえに、佐伯がどうして警察をやめるはめになったかを調べてほしい。これは重要なことなんだ」

「わかりました」

岩淵は社長室を出て、オフィスでてきぱきと部下に指示し始めた。

ドアが閉まると、鬼門は佐伯についての記述をもう一度読んだ。

これは願ってもないチャンスかもしれない――鬼門はそう思っていた。

乾は『ノース・イースト・コンフィデンス』社にはふさわしくない人材だ。彼のような組員は、すでにヤクザ社会でもやっかい者となっていくだろう。特に、鬼門のように近代化していこうと考えているヤクザにはなおさらだ。

派手に暴れさせ、警察沙汰になったところで切り捨てるつもりだった。

乾は千葉で人を殺している。簡単には刑務所を出られないだろうと踏んでいたのだ。

乾は鬼門の命令でやったと主張するかもしれない。しかし、殺人教唆《きょうさ》を実証するのはたいへん難しい。

それ以前に、乾は罪を背負い込む可能性すらあると鬼門は考えていた。それが、親への恩だと思うかもしれない。乾というのはそういう男だ。

つまり、警察に乾を逮捕してもらうことを最初から狙っていたのだ。

そのためにはよほどうまく立ち回らなければならないだろう。鬼門にとってもそれは難しい問題だった。

佐伯が乾を消してくれれば、問題はずっと簡単に片づく。

もし佐伯が噂どおりの男なら、それは充分にありうることだ、と思った。

「拳銃か……」

鬼門はつぶやいた。

警察官をやめた佐伯は、当然銃など持っていないだろう。すると、乾のほうが圧倒的に有利になってしまう。

乾があっけなく佐伯を殺してしまったのでは何にもならない。乾はきわめて巧妙に殺しをやってのけるだろう。

おそらく足が付くようなへたな殺しはやらない。

殺人犯が警察につかまるのは、たいていは素人だからだ。素人がプロ中のプロである刑事を相手にして勝てるわけがない。

しかし、乾は素人ではない。

ドアがノックされて、鬼門は思索を中断した。

岩淵が現れた。

「所轄署に便利な刑事がいて、尋ねてみたんですが……」

彼は言った。便利な刑事というのは、彼らに便宜を図ってくれる刑事、という意味だ。当然いくらかの報酬を支払っているはずだ。

「どうも佐伯がやめた理由ははっきりしないそうですね」

「はっきりしない？　懲戒免職ではないということかね？」

「それすらもはっきりしないということです。懲戒免職だ、という噂はずいぶんあったらしいのですがね……」

「公示するのではないか？」

「場合によるそうです」

「噂か……。それで、現在、佐伯と警察のつながりは？」

「それはないそうです。佐伯は警視庁のＯＢの会にも関係していないようですし……」

「辞職したことは確かなんだね」

「はい」

「なるほど……。それ以上のことはわからんだろうな……」

「爆薬で破壊された、佐伯の親類の家ですが……。名義はもともと佐伯本人のものだったそうです。伯父一家に貸していたようですね」

「ほう……」

「根津にあるのですが……。建て替えをする予定で、古い家は取りこわしたのですがなかなか新しい家を建て始めないらしいのです」

「先立つものがないのかもしれん。ただの団体職員ではな……」

「どこに住んでいるかはどうしてもわかりません。かつての瀬能組や泊屋組の組員だった人間をつかまえて訊いてみたのですが……」

「わかった。さらにわかったことがあったらまた知らせてくれ。岐阜には明日、発ってくれ」

「はい」

「ちょっと話しておきたいことがある」

鬼門は、実に事務的な口調で言った。そのために岩淵は日常の業務的な話だと思った。「何でしょう」

「君に、乾の代わりをやってもらうことになるかもしれない」

「は……？」

岩淵は明らかに面食らった顔をした。しかし、心底驚いたわけではなかった。いつかは鬼門からそういう話があるだろうと予想していたのだ。

「乾はわが社では確かに人望が厚い。私も、頼りにしていた時期がある。しかし、残念なことに『ノース・イースト・コンフィデンス』に彼の役割はない」

「はい……」

「時代の移り変わりについてこれない人間というのは悲しいものだ」

「社長は乾さんとずっといっしょにやってこられました。心中お察しいたします」

岩淵はそつなくこたえた。

鬼門はその態度が気に入った。

「私はある大きなプロジェクトを進めようと考えている。そうした計画を進めるとき、乾のような男が役に立つ時代もあった。しかし、おそらく今は違う。暴対法もある。そこで、乾には『ノース・イースト』から手を引いてもらうことにした」

「しかし……。乾さんが何と言うか……」

「拳銃は四挺、用意してくれ」

「三挺ではなく……?」

「三挺を乾に届ける。残りの一挺が佐伯の手に渡るよう、何か工夫をしてほしい」

今度は、岩淵は本当に驚いた様子だった。

そして、鬼門の恐ろしさを思い知ったようだ。鬼門は、人当たりは実に柔らかく、表面はおだやかだが、実はいくらでも冷酷になれるのだった。

「わかりました」

岩淵は青くなりながら、そう返事した。

「乾に会ったら、佐伯は警察と完全に切れている。思う存分やれ、と伝えてくれ」

「しかし……、本当に切れているかどうかはまだ……」

「方便という言葉を知っているか？」

「……はい……」

「もし、佐伯が警察と強力なコネを持っていたとしても、私たちには何の被害もおよばない。その場合は、その場合で、乾が逮捕されるだけだ」

「もし、佐伯が警察とは完全に切れていて、しかも、乾さんに消されてしまったら……」

「どういうことはない。また手を考えるさ……。しかし、ここはひとつ佐伯に期待しようではないか」

鬼門は、話題を変えた。

「きのうの店、気に入った。ミツコというのは見事な美人だ。今夜も出かけてみたいが……」

岩淵は生真面目にうなずいた。

「わかりました。お伴します」

「このあたりの雰囲気が、ちょっと違うのがわかりますか？」

串木田が佐伯に尋ねた。佐伯は慣れない山歩きで相当に疲れてきていたが、それに気づいていた。

「さっきから、何だろうと思っていた……」

佐伯が言った。「何だかちょっと不気味な感じがする」

串木田と佐伯は、乾たちが去った後、カスミ網を取り去り、さらにパトロールを続けた。

密猟は巧妙になり、常時網を張っているのではなく、監視の隙をついて、こまめに張ったり降ろしたりを繰り返すようになっているという。

実際そうしたことを裏付ける形跡がいくつか見つかった。

山林を歩いているうちに、今いる場所へやってきたのだった。

「このあたりには杉と檜《ひのき》だけが植林されています。人工の山林なのです」

「そうか……」

佐伯はあたりを見回した。

植物相が一変していた。

さきほどまでは、ナラ、クヌギ、ヒバ、ブナなどの広葉落葉樹に、カエデやサクラまでが混ざった、雑木林だった。

多彩な緑の濃淡が重なり合う柔和な山の相を見せていた。緑の香りも快かった。

だが、今いるあたりは、寒々とした感じがするのだった。

ただ一種類の樹木しか生えていない林——それはひどく異常な感じがした。

「日本の自然破壊は明治から始まりました」

串木田が言った。「明治政府はすべてをヨーロッパから学ぼうとしたのです。良い点も悪い点も……。明治になるまで、日本では絶滅した生物の種はひとつもなかったと言われています。こうした杉林、檜林を作ったのも明治政府でした。そして、日本の政治のありかたは、基本的に明治政府と変わっていないのです」

「確か、俺の上司が似たようなことを言っていたような気がする」

「人工林のことですか？」

「いや、政治の話だ……。しかし、この不気味さは何なのだ？　まず、鳥の声がしない。下生えもなく、固い土が露出している。しかも、その土はぬるぬるしていて滑る……」

「雑木林では、さまざまな広葉樹が時間差をもって落葉します。落ちた葉は広く厚く地表をおおい、そこで朽ちて腐植土《ふしょくど》となります。つまり、自ら肥料を作っているわけですね。腐植土にはさまざまなバクテリアが棲みつき、虫もたくさん棲みつきます。また、多くの地生植物が育ち、灌木も育ちます。実に多くの種をかかえた林ができ上がるのです。そうした林には虫も多く、さまざまな木の実もある。それらを求めて、多くの種類の小鳥や小動物が集まってくるのです」

「なるほど……。こうした人工林には虫もいなければ木の実もない。だから鳥がいなくて妙に静かなんだな」

「腐植土はそれ自体水を含みます。そして、多くの植物を育てます。そのために、雨水をたくわえる力が林に生まれるのです。よく山林は治水能力があるといわれますが、それは雑木林の話です。こうした人工林に治水の力はありません」

「なるほど、粘土のような固い土……。これじゃ水は地表を流れるだけだ」

「今、表面が湿っているのだって、三日もまえに降った雨のせいなのです。そして、杉や檜だけでは地中の根が密にはならないので、いざというとき、地盤を支えられない――。つまり、土砂崩れなどの原因となる可能性もあるというわけです」

「いいことなど何もない……」

「金にはなります。多少の金には、ね……。もともと材木を取ることを目的に植林されたのですから……」

「しかし、今では国内の林業をあてにするより、安い東南アジアの木材を買おうとする……」

「日本というのはそういう国です」

串木田は淋しげに言った。「利益のためなら、犠牲など顧《かえり》みない……」

「何とも心強い国だな……。商人《あきんど》の意地汚なさは実にたのもしい」

佐伯は皮肉な口調で言った。

「そう。そして政治家は財界から金を引き出すことしか考えていない……。こうした林を増やしたのも、純粋に国民のためとは言い難い」

「だが、庶民は大きなことは言えない。所得は桁違いに増え、生活は清潔で文化的になった。旅行者はトイレが水洗でないという理由で宿に文句をつける。そして、今では学生のひとり暮らしの部屋にエアコンがあるんだ。若い連中はその生活が当たりまえだと思っている。生活のレベルを絶対に落としたくないんだよ。原発に反対する連中も家に帰ればエアコンをつけ、テレビを見、冷蔵庫で冷やしたビールを飲む」

「そう。その贅沢が今の日本の政治のありかたを支えているんです。だが、このままでは日本は失うものが多過ぎる」

串木田は檜林を見回した。「本当の林が、美しい海が、貴重な動植物の種《しゅ》が……、飲むべき水が、生きるべき土地が失われていくのです」

「エキセントリックだな……。絶望は何も生まない――小さなときにそう教わったような気がするんだが……」

「だが、日本人の環境に対する考えかたは、絶望的なところまで来ているのですよ」

「国民自らがその生きかたを選んだんじゃないのか」

「そうです。ですから、日本は変わりようがないんです。私は時々、本気でテロを考えることがありますね。現在の政府与党を倒せるだけの武力があれば本当にやっているかもしれません」

「そういうのを危険な思想と呼んでいるんだが知っているか？」

「ならば、国民の多くは危険な思想を持っているはずです。今の政府与党に、うんざりしている人は多く、さらに何とかしようとしている人も少なくない」

佐伯は、そのとき内村所長のことを思い出した。

確かに自分は、危険な思想の持ち主の下で働いているようだ――彼はふとそんなことを考えていた。

12

串木田が紺色のランドクルーザーで佐伯を宿まで送った。

串木田は、明日、また別のコースを案内する、と言って去って行った。

部屋に戻ると、佐伯は『環境犯罪研究所』に報告のための電話をした。

いつものように白石景子が出て、佐伯はその声を聞いて心が休まるのを感じた。

「何か変わったことはないか？」

佐伯はふと景子と言葉を交わしたくなり、そう尋ねていた。

「警視庁の奥野さんがおいでになりました」

景子は事務的に言った。「その件については所長から説明があると思いますが……」

「なるほど……。所長につないでくれ」

すぐに内村が出た。

佐伯は報告した。

「敵と接触しました。やはり思ったとおり、相手は艮組の乾吾郎でした。ちょっとまずいことに、むこうはこちらの顔を知っていましてね……」

「佐伯さんは、都内の暴力団関係者の間ではちょっとした有名人ですからね……」

「白石くんにも訊いたのですが、研究所に関しては特に変わったことは起きていないのですね」

「今のところは……。しかし、艮組は佐伯さんの顔を見ました。われわれのところに圧迫をかけてくる可能性がありますね」

「そういうことです。注意してください」

「わかっています」

「奥野はそういうところに利用すべきです。あいつはどんな話をしたのですか?」

「今、説明しようと思っていたのです。奥野さんは千葉の漁師が、おそらく惨殺されたのだろうと認めてくれました」

「惨殺……?」

「腹や背を刺されていたし、右手の指がすべて折られていたそうです」

「なるほど……。まさに乾吾郎のやりかたですね……」

「そして、岐阜の傷害も乾吾郎のしわざと確認できたわけです。そこで、私は、鬼門がいったい何を考えているのかと疑問に思っているのです」

「鬼門が……？　どういうことです？」

「奥野さんとも話し合ったことですが、鬼門英一という人間のことを知れば知るほど、観賞魚の密輸や、ささやかな密漁などに力を入れる人物とは思えなくなってきたのです。それに、鬼門英一のような男が、本当に乾吾郎を信頼しているようにも思えません。何か別のもくろみがあるのではないか、と私は考えているのです」

「考え過ぎはいい結果を生みませんよ」

「そんなはずはない」

内村は心底びっくりしたようにいった。「考え過ぎが悪いはずがない。考え過ぎといわれる場合、たいていは考えが足りないのです。つまり、自ら導き出したいくつかの結論を充分に検討していない場合にそう言われるのです」

これが内村所長の言葉である限り、佐伯は認めざるを得なかった。

「わかりました……。それで、いったいどんなもくろみだと思うのですか？」

「それはわかりません」

「拍子抜けだな……。所長にもわからないことがあるのですね」

「たくさんありますよ。そのひとつについて、佐伯さんのお知恵を拝借したいのですが……」

「何です？」

「千葉の漁師の件です。その漁師は刃物で二か所以上刺され、しかも全部の指が折られていました。だが、新聞では事故死となっていましたね……。警察ではこのような遺体でも何か特別な根拠がない限り殺人とは断定しないものなのですか？」

「そんなことはありません。そういう死体なら、すぐに殺人事件として取り扱われるはずです」

「だが、千葉県警ではそうしなかった……。奥野さんも、殺人だと知っていて最後まで隠していたのです。こういう場合、何か考えられることはありませんか？」

「あります」

佐伯はあっさりと言った。「ひとつは政府与党の大物政治家による捜査への圧力。もうひとつは警察当局が、その案件について秘密を持っている場合……」

「その後者には、具体的にはどんな例があります？」

「典型的な例では麻薬捜査」

内村は絶句した。しばらく、何も言わずにいた。

佐伯にはその理由がわかった。

佐伯の言葉は内村にとって最終的なヒントになったのだ。

そして、佐伯も自分の言葉によって導き出された結論に気づいた。

「アロワナの密輸で作り上げたコネクションを、東南アジアからの麻薬の密輸ルートに育て上げることはそれほど難しいことではないでしょう」

「密漁で一度艮組と関係を持った漁船団は、なかなかその関係を切れなくなる。艮組は、漁船が目的だったのです。つまり、国内の麻薬の移送手段の確保……」

「漁船は、さまざまな港の密売ルートに薬を運べるというわけですね……。さらに、野鳥を密売していたような地方の温泉旅館などは、取り引きの場所として利用できる。野鳥の密売ルートのなかにはそのまま麻薬の密売ルートに転化できるものもあるかもしれません」

「……つまり、鬼門英一の本当の目的は、東南アジアから日本国内に向けての、麻薬の密輸・密売ルートを作り上げること……」

「それは実にしっくりくる説明だと思いますね……。そして、それは近代的に運用されねばならないのです。昔ながらのやりかたではすぐに尻尾を出してしまう……」

「つまり、鬼門は乾が邪魔になった……。乾に無茶をやらせているのは、あいつを警察に捕らえさせて厄介ばらいをするためなのですね」

「もちろん、陽動作戦の意味もあるでしょうね。乾の暴力沙汰は当然ながら警察の注目を浴びる」

「俺はどうするべきでしょうね？　乾をこのまま放っておくわけにはいかない……」

「あなたの今回の役割は、『エコ・フォース』を助けることですよ。鬼門のことは警察の領分です」

「もちろん、そうですが……」

「今の話を、これから奥野さんに伝えてくれますか？」

「俺がですか？　なぜ所長が話さないのです？」

「私が話すよりも佐伯さんが話したほうが、話が通じやすいでしょう。奥野さんは私にたいして警戒心を持っている。でも、佐伯さんは彼に尊敬されている。そして、警察官同士だから専門的な話もできるはずです」

「そうですね……」

「奥野さんには後ほど私からも連絡すると言っておいてください」

「わかりました。でも所長から連絡する必要はありません。奥野に研究所まで行ってもらうことにします。艮組がちょっかいを出してくるおそれもありますし……」

「おまかせしますよ」

所長は電話を切った。

すぐさま佐伯は警視庁に電話した。奥野は帰宅したあとだった。刑事はいつも寝食を忘れて飛び回っているように思われているが、定時で帰宅する日も多い。一度事件に関わると、生活がめちゃくちゃになるので、何もないときはさっさと引き上げるものなのだ。

佐伯は電話に出た警察官に宿の電話番号を教え、重要な用件だから、と奥野に連絡をとってもらった。

十分後に電話がかかってきた。

「重要な用って何です、チョウさん」

佐伯は、内村と話し合ったことについて説明した。

「驚いたな」

奥野は言った。「麻薬のことは極秘で絶対にわからないと思っていたのに……」

「おまえ、俺をなめてるな?」

「でも、鬼門が麻薬についてそれほどの計画を持っているとは、警察はまだ考えていないようです」

「考えていないようです？」

「麻薬の件も千葉の殺人《コロシ》も、僕は担当じゃないんですよ」

「じゃあ、すぐに新しいデカチョウのところへ行って話をしろ」

「もちろんです。手柄になるかもしれませんからね」

「それからな……」

「はい」

「悪いが、俺の勤務先へ行って、内村所長の話を聞いてやってくれないか。その……、俺はちょっと艮組と、ええと……、まとまる見込みのない交渉事を構えていてな……。もしかすると、研究所に何か影響がおよぶかもしれない」

「わかりました。これから向かってみます」

佐伯は、驚いた。奥野は、『環境犯罪研究所』に出向くことに難色を示すものの、と思っていたのだ。

まだ六時を回ったばかりだった。

「悪いな」

「いえ、とんでもない……」

佐伯は奥野の反応を少々奇妙に思いながら電話を切った。

佐伯が奥野に電話をしている間に、内村は、東京弁護士会の平井貴志《ひらいたかし》弁護士に電話をしていた。

三十二歳のやり手の弁護士は、もちろん民事事件を主に手がけるのだが、民事介入暴力の実態を知り尽くしているため、暴力団に対する怒りを抱いていた。

法の平等の擁護者たるべき弁護士が、たとえ相手が暴力団であれ、特定の人々に怒りや憎悪を抱いてはいけないと主張する人々は多い。

そうした意見に対して平井ははっきりと言ってのける。

法を遵守《じゅんしゅ》する限りにおいて、人々は平等だ、と。

また、平井は基本的人権は法律に優先することを知っていた。法を犯した場合でも、基本的人権は守られねばならない。

だが、人権全体がすべて平等なわけではない。

犯罪者であっても、正式な裁判を受けるという基本的人権は守られねばならない。しかし、自由に行動し、快適に生活することを保証されなければならないわけではない。

人権はその人物の社会への貢献度によって伸縮するものなのだ。

平井は、その点について議論が必要なことも充分に承知していた。人間が社会への貢献度だけで計られていいと考えているわけではない。

ただ、そういうことも認めなければならないと考えているのだ。

平井は他の若手弁護士と同様で、収入の割にはたいへんに忙しかった。弁護士というと社会的なエリートであり、皆羽振りがいいように思われがちだが決してそうではない。

どの世界にも成功者とそうでない者がいる。また、金銭的に成功しているかどうかで、その世界における価値を計ることはできない。

平井は民暴――民事介入暴力に関してめざましい実績を上げており、暴力団の恐怖におののいていた人々からたいへん感謝されていた。

彼は、内村からの電話に出て言った。

「私を頼りにしている依頼人がたくさんいましてね。残念だがあなたとお付き合いしていられる時間があまりないのです」

「ちょっとお知恵を拝借したいのです。もちろんこの電話については正式な相談料としてご請求いただいてけっこうです」

「いいですよ、そんなの。どうしたんです?」

内村は鬼門英一の計画について実に要領よく簡潔に説明した。

おかげで、平井は鬼門という男の人物像から乾吾郎との関係までをたちまちのうちに理解した。

彼は内村の話の内容に興味を持った。しかし、彼は理性的に言った。

「それは警察の領分ですね。まだ私の出る幕ではない」

「鬼門というのはたいへん頭の切れる男です。万が一、自分が逮捕されたときのことも考えてあると思うのです。つまり、一流の弁護士が彼を無罪にすべく全力を傾けるだろうということです」

「容疑者の権利ですよ」

「そう、確かに……。だが、私を含めて一般の人々は、一部の弁護士が自分の利益のために、凶悪な犯罪者を助けているように感じているのです」

「それは片寄った考えですよ。別の立場の人から言わせると、検察など司法当局は容疑者すべてを犯罪者にしたがっているように見えるのです」

「鬼門は明らかに犯罪者ですよ」

「それは裁判で決められねばならないことです」

「あなたは常に法の安全装置になろうとなさっている。敬服しますね。しかし、私は司法論についてあなたと議論したいわけではありません。鬼門英一について意見をうかがいたいのです。誰かが鬼門を助けようとする。それが結果的には多くの人々を苦しめ、暴力団に大きな利益をもたらすことになるかもしれない……。その点については私たちの見かたは一致しているものと思いますが？」

「ええ、まあ……」

平井は、短い間を取った。「そう。一致しています」

彼は、内村の手強さをよく知っていた。しかし、自分の立場だけははっきりさせておかねばならなかったのだ。

「お互いに時間を大切にしなくてはならないはずです。私はただひとつのことをうかがいたいのです。もし、あなたが鬼門の弁護士ならどういう手を打ちますか？」

「何もできませんよ」

「鬼門を助けることはできない？」

「そうではありません。私が何か手を打つといったようなことはできないと言っているのです。私が鬼門に雇われたとしても、捜査そのものを混乱させるような手を打つことなどできません。それは立派な犯罪行為なのですから……」

「なるほど……。それではあなたは何をするのです？」

「捜査の盲点と法の抜け道を探します。弁護士は陰謀の専門家ではなく、あくまで法の専門家なのです」

「具体的には？」

「鬼門と、乾が行ったと考えられる殺人および傷害事件との関連を理論的に断ち切っていきます」

「だが、鬼門と乾の関係は否定できるものではないでしょう？」

「もちろんです。しかし、乾の犯行と鬼門本人との関係は別です。例えば、です。あなたには佐伯さんという部下がいらっしゃる。佐伯さんが何か罪を犯したとします。そう……、殺人でもいい。あなたと佐伯さんは上司と部下という明らかな関係があります。だからといってあなたと、殺人を結びつける理由にはなりません。当たりまえのことです」

「私がその殺人を命じていない限り……？」

「そうです。私が鬼門の弁護士だとしたら、その点を徹底するでしょうね。つまり、鬼門は乾に殺人など決して命じてはいないと……。検察は鬼門と殺人の関係を立証しなくてはなりません。推理するだけではだめなのです」

「他には？」

「ありません」

「暴力団の上のクラスになると、有力な保守系政治家とつながりがあるものですが、そうしたコネを利用する手は考えないのですか？」

「交通違反をもみ消すのとは訳が違うのですよ。それに、そうした不自然な動きは逆効果になることが多いのです。政治家——特に保守系の政治家は暴力団に恩を売りたがるものです。しかし、殺人捜査に介入して自らの政治生命を危険にさらす者はきわめて少ないのです」

「しかし、検察に殺人の教唆を実証させないというだけでは、画期的な方策とは言いがたい」

「そう。地味です。問題はいかに細かくチェックするか、なのです。何ごともそうですが、一見地味なことが一番効果的なものなのです」

「なるほど……。ならば、それをさせないためにはどうすればいいでしょうね」

「これは法律家というより、刑事警察のテクニックの問題になりますがね……。本人がしゃべりそうにないのなら、傍証《ぼうしょう》をかき集めるわけです。つまり、鬼門が乾に殺人や傷害を命じたのだと誰かに証言させるのです。また、多少強引な捜査員なら、別件で鬼門を逮捕して、自白を迫るかもしれません。実は、これは、私に言わせれば刑事訴訟法一九七条および二〇三条に違反しているのですがね」

「鬼門が充分に用心深く、また彼が雇った弁護士が優秀だったら、警察や検察の手を逃れることは可能ですね？」

「不可能とは言いません。しかし、これだけははっきり言えます。今現在でも、鬼門は危ない橋を渡っているのですよ」

この平井の言葉は確信に満ちていた。プロフェッショナルの自信だ。

内村が言った。

「貴重な時間を割いてくださってありがとうございました。その言葉を聞きたかったのですよ」

電話が切れると、平井は一種の満足感を感じている自分に気づいた。彼は内村の役に立ったのだ。

13

奥野が『環境犯罪研究所』に着いたとき、白石景子はまだ残っていた。
先日のように、気品に満ちた態度で奥野を出迎えた。
奥野は十代の少年のように落ち着きをなくした。
前回、景子に会ったときは、突然その美しさと優雅さに圧倒されてしまった。
今日は、彼女に会えるという期待が、よけいに彼女を美しく見せていた。
「所長にお会いしたいのですが……。その、佐伯さんが、ここを訪ねるようにと……」
微風に花が揺れるように景子がほほえんだ。
「どうぞ、おはいりください」
景子は場所をあけた。
奥野が研究所内に足を踏み入れると、景子はまっすぐ所長室のドアに向かった。
部屋に入ると、奥野は非難する口調で言った。

「佐伯さんは今は刑事じゃない。艮組の連中はそのことを知っているはずです」

「そうかもしれません」

「それに、ここは環境庁の外郭団体なのでしょう？　どうして暴力団と揉め事を起こさなければならないのです？」

「行きがかり上、止むを得ないこともあるのですよ」

「暴力団などを相手にしたら命がいくつあっても足りないのですよ」

「佐伯さんに言ってください」

「まったく……」

　奥野はひとりごとのようにつぶやいた。「チョウさんは何を考えているんだ。素人じゃあるまいし、この研究所の人にまで害がおよぶおそれがあることを何とも思ってないのかな？」

「心配しているはずです。だからこそ、あなたにここへ来るように言ったのではないですか？」

「これでも忙しい身ですからね。四六時中、ここを見張っているわけにはいかないのですよ」

「じきに片づきますよ」

奥野は思わず内村の顔を見ていた。

「え……？」

内村は黙って奥野の顔を見返している。

その顔には特別な表情はなかった。奥野の反応をおもしろがっているわけでもなく、何かの決意を語るために気負っているわけでもない。

ただ事実をそのまま述べているに過ぎない、といった態度だった。

内村が何も言わないので奥野が訊いた。

「それはどういうことです？」

「言ったとおりの意味です。今しがた平井弁護士と電話で話をしましてね……」

「平井弁護士と……？」

内村はその話の内容を奥野に聞かせた。

奥野はあまり愉快ではなかったが、それでも注意深く耳を傾けていた。

内村の説明は相変わらず見事だった。

彼が話し終わると奥野は言った。

「警察の領分に足を踏み入れてはいけませんよ」

「何もせずにいろと言うのですか？　私は佐伯さんの上司です。佐伯さんを援助する義務があるのです」

「だからといって、警察の捜査についてあれこれ口を出すことはない」

「私は口など出すつもりはありません。もちろん鬼門のことは警察にまかせるつもりです。じきに片づくと言ったのは、もうじき警察がすべて片をつけてくれると思ったからです。違いますか？」

「そう簡単にはいきません。捜査というのは地道な証拠集めのことなのです。今、鬼門を検挙できるだけの材料などないのですよ」

「材料がない？　……それとも見つけようとしていない？」

奥野は言い淀んだ。

すかさず内村は言った。

「鬼門は頭のいい男だと思います。こちらが後手に回ると、検挙のチャンスはなくなるに違いありません」

「そんなことは言われなくてもわかっています」

「平井弁護士はこう言いました。問題は刑事警察のテクニックだ、と……」

奥野は腹を立て始めていた。

素人にここまで言われる筋合いはない——彼はそう思った。

すんでのところでそれを口に出すところだった。

だが彼はやめた。言ったところで内村の感情をゆさぶることなどできないような気がしたのだ。

事実、どんな話をするときでも、内村はおだやかな眼を奥野に向けている。

そして、奥野は思い出した。

鬼門の目的が麻薬・覚醒剤の流通経路を作り上げることだと、一番先に気づいたのは内村だったはずだ。

「もちろん、全力を挙げて捜査はしますよ」

奥野は言ったが、一捜査員が請け合うべき問題ではないな、と心のなかでつぶやいていた。

犯罪捜査というのは一種の大きなシステムだ。捜査員はそのシステムの部品にすぎない。

内村の表情がふとなごんだように見えた。

内村が言った。

「私のことは心配ありませんが、白石くんが気になります。もしご都合がつくようでしたら、送っていただけますか？」

奥野は一瞬、どういう表情をしていいか迷った。

彼はつとめて冷静にふるまった。

「かまいませんよ。車で来ていますから。彼女の住まいは?」

「横浜・山手」

「どうせならあなたも送って行きますよ」

奥野の機嫌はすっかりなおっていた。「そのほうが安心だ」

内村は首を横に振った。

「私はもう少しここに残って仕事をしなければなりません」

彼は電話に手を伸ばし、内線で景子を呼んだ。

「奥野さんが家まで送ってくださるそうだ」

内村はそれだけ言って電話器を置いた。

奥野は顔がほころびそうになるのをおさえていた。


景子は必要以上に遠慮するようなことはなかった。

他人の好意を快く受け入れるのだ。育ちのいい人間はそういうことに慣れている。

車を国道二四六に向けた奥野は、久しく味わったことのない幸福感に浸っていた。

一方、景子は実に落ち着いていた。だが、決して男に送り迎えをさせることを当然と思っている若い娘のようにふるまっているわけではない。

彼女は素直に感謝の気持ちを表現することができるのだ。

奥野は、一刻も早く彼女を送り届けることが自分の義務と信じ込んでいるようだった。

景子が不意に言った。

「奥野さんは、夕食、お済みですか？」

「あ……」

奥野はこたえた。「まだです。職業柄、食事は不規則で……」

「おなかすきません？」

「いえ……、慣れてますから……」

「あたしも夕食はまだなの」

ようやく奥野は景子が言いたいことに気づいた。

「あ……、じゃ、どこかで食事していきますか？」

景子はほほえんでうなずいた。

信じられない、と奥野は思った。彼女と食事ができるなんて考えてもいなかった

――。

奥野と景子が出ていくと、内村はコンピューターのディスプレイに、ミツコの住所と電話番号を呼び出した。

ミツコに電話をする。

ミツコ――井上美津子はまだ家にいた。

「よかった。まだ出勤なさってなかった……」

内村が言う。

「そろそろ出ようと思ってたところ。どうしたの？」

「佐伯さんがまた面倒な連中を相手にしていまして……」

「またなの？　極道者？」

「そうです」

「どこの組？」

「坂東連合艮組」

「艮組……？」

「鬼門英一という男が組長をやっています。まさか、あなたにまで危害がおよぶとは思えませんが、念のためにお電話しました」

「鬼門英一って……、『ノース・イースト・コンフィデンス』という会社の社長じゃない？」

「『ノース・イースト・コンフィデンス』は艮組がやっている会社です。艮《うしとら》というのは、方位でいうと北東になります。そこからつけた会社名なのでしょう。どうしてご存じなのです？」

「きのう、お店にやってきたわ」

「何か言われましたか？」

「特に、これといって……」

「威されたりはしなかったのですね？」

「ええ。別に……」

「佐伯さんの話は？」

「しなかったわ。偶然じゃないのかしら。たまたま遊びにきただけみたいだったわよ」

「そうですね……」

内村は考えた。「威しをかけたりするのにわざわざ組長が出ていくことはない

「……」

「そうよ。六本木のクラブではヤクザなんて珍しくないもの」

「とにかく気をつけてください。何かあったら、すぐに連絡するのです」

「心配してくれてありがとう。今度、お店に遊びにいらしてね」

「そういうことは佐伯さんにまかせてあるんですよ」

「あら、遊びだけは自分でやらなくっちゃ。内村さん、きっともてるわよ。素敵だもの」

「私が……?」

「そうよ。じゃあ、ね」

電話が切れた。

たいへん珍しいことに、内村の表情に照れたようなかすかな笑いが浮かんでいた。


奥野はうまくやっているのだろうか、と佐伯は思った。

佐伯が警視庁を去るとき、奥野はまだ一人前とは思えなかった。

だが、部下や後輩というのは、いつまでたっても心もとなく見えるものだ。

佐伯がいなくなり、奥野も経験を積んだに違いない。ここで奥野を信頼しなければば、彼の名誉を傷つけることになる。

佐伯はそう考えることにした。

彼は手裏剣を取り出し、一本一本点検した。

ボクサーくずれをけん制するために木立ちに向かって投げた一本の手裏剣が少しばかりいたんでいた。

刃先がわずかにつぶれて丸くなっているのだ。

この手裏剣は、佐伯が自分で買ってきた鋼材から削り出し、焼き入れして研ぎ上げたものだ。

焼き入れはオイルを使って行った。ナイフ作りの名人に、その方法がいいと教わったことがあるのだ。

手裏剣は、刀やカミソリのように刃が鋭利である必要はない。また、川原の石などで簡単に研げるように、柔らかめに焼き入れをしておくのがいいといわれている。

佐伯はその教えを守っていた。

そのため、一度、木などに突き刺さると、刃先が鈍くなるのだ。

佐伯は、台所へ行って砥石《といし》を借りてきた。登山用ナイフの手入れをするのだと言うと、旅館の従業員は怪しむ様子もなく砥石を貸してくれた。

浴室に行き、刃先の鈍くなった手裏剣を研いだ。

銀色に光り始める刃を見て、佐伯は心のたかぶりが少しばかり落ち着くのを感じた。

人間にはそれぞれに言い分があると佐伯は思っている。

どんな凶悪な犯罪者にも、罪を犯すに至った理由や事情があるのだ。

そして、人間は自分の行いを悔い、改めることができると信じている者も多い。

しかし、佐伯の経験から言うと、暴力団員は決して悔いを改めることはない。

彼らの社会は性格破綻《はたん》者や生来の乱暴者に実に都合よくできているのだ。

暴力を包み隠すための義理人情といった常套句《じょうとうく》。自分たちを自ら肯定するためだけにある任侠というまやかし。

社会的に未成熟であっても生きていけるように構築される見せかけの親子・兄弟の関係。

普通の人々は、社会生活を経てさまざまな関係を理解していく。

学校では友人や師弟といった関係を学び、職に就いてからは、上司と部下、取引先や下請け、出入りの業者との関係、そして男女の関係などを理解していく。

だが、多くの暴力団員は、あまりに自己中心的だったり、感情の起伏が激しかったり、情緒が発達していないために、そうした社会のなかの複雑な関係を理解できない。

だから、彼らは最も基本的な関係である家族関係を他人と結ぶのだ。

もともと、社会での関係のありかたが、一般人とは違っているのだ。

暴力団の幹部は、社会からはみ出した者の面倒を誰が見るのだ、と主張する。自分たちしかその役割を担う者はいない、と――。

だが、佐伯はよく知っていた。

多くの暴力団はそうした社会からのはみ出し者を集め利用しているに過ぎない。本当に任俠を組員に徹底させ、世のなかから見離された乱暴者を子として面倒を見る――そうした親分もいることはいる。

だが、残念なことに、それはヤクザのなかでも、今や例外となっているのだった。

今は、ヤクザは昔のように任俠の徒などではない。暴力をもって利益を追求する犯罪集団であり、近代的民主国家の敵でしかない――佐伯はそのことを、刑事という仕事を通じていやというほど思い知らされていた。

社会学者、あるいは、社会心理学者は、アウトローの重要性を説く。

そして、暴力的傾向を持つアウトローというのは心理的な弱者だと位置づけ、排除することに慎重になる。

だが、彼らは、そのアウトローに、多くの健全な市民が威され、傷つけられ、殺されている事実を軽く見過ぎている——佐伯は常にそう感じていた。

アウトローを論じる学者は、乾のような男と戦ったことなどないに違いない、と佐伯は思った。

一度でも乾のような男に出会うと、自分の学説を曲げたくなるのではないだろうか——。

佐伯は、乾を許す気はなかった。

乾も鬼門に利用されているといえなくもない。しかし、乾がきわめて残忍なことは事実だ。彼は何よりも暴力が好きなのだ。

乾がこれまで弱い者に対してはたらいてきた暴力に比べれば、鬼門に利用されることなどどれほどのものだろう。

きれいごとでは済まされない。

乾吾郎のような人間は生きていてはいけないのだ。駆除しなければならない類の人間なのだった。

佐伯は手裏剣をシースに収めた。

心のなかはまださささくれ立っている感じだった。

彼はビールの自動販売機があったのを思い出した。砥石を返しに行くついでにビールを買ってくることにした。

緊張をほぐすために、もっと強い酒がほしかったが、乾のような男を相手にしていたら、いつ何があるかわからない。

ビールでがまんすることにした。

十時ころ、鬼門は岩淵を連れて『ベティ』にやって来た。

ミツコは昨夜とまったく変わらぬ態度で接客した。

彼女は職業柄、これまで多くのヤクザを見てきたが、鬼門はまったく違ったタイプのヤクザだった。

内村から話を聞いていなかったら、ミツコでさえ、鬼門をヤクザとは思わなかっただろう。

鬼門は上品に遊んだ。そこが普通のヤクザと違うところだ。

どんなに表面を取りつくろっていても、どんなに品よく見せようとしていても、酒が入り女がそばにいると、たいていのヤクザはたちまち粗暴になり下品になる。

本性を現すのだ。

鬼門は、二日目でいきなりミツコを口説くようなことはしなかった。

しかし、いつかは必ず口説かれる。――ミツコはそれを直感した。

女の勘であり、職業上の勘でもあった。

14

岩淵は昨夜十二時に鬼門を自宅で降ろし、自分のマンションに戻った。マンションは港区高輪にあった。

それから旅支度を始め、ベッドに入ったのは二時近かった。

家を出たのは朝の八時前だ。エリート・ビジネスマン並の働きかただ。

岩淵なら、堅気の世界でも立派につとまるはずだった。相当な出世を望めるかもしれない。

鬼門が求めているのは、まさに、一般の企業でもエリートを目指せる人材だ。今のところその条件に合うのは、艮組では岩淵しかいない。

彼は大切な荷をたずさえていた。四挺の拳銃だ。

暴力団の世界には現在拳銃があふれている。かつて、暴力団ひとりに拳銃が一挺の時代と騒がれたことがあったが、現在は、ひとり当たり二挺から三挺になっているという。

バブル経済でヤクザは金持ちになり、高価な拳銃を密輸して入手した。それに、フィリピンの密輸拳銃が加わった。ある暴力団は、フィリピンから拳銃の密造業者を日本に連れてきて、国内で拳銃を作らせていた。

さらに、中国製のトカレフが大量に流入し、またたく間に、拳銃は日本国中に行きわたった。

厳しく銃の所持を規制されているのは一般の善良な市民だけで、暴力団員はほとんどが武装しているという奇妙な世の中になった。

良組も拳銃を豊富に所持していた。四挺ほどの銃を都合するのはどうということはない。

岩淵はおとなしいが度胸のすわった男だ。拳銃を運んでいる緊張感などおくびにも出さない。

彼は本当に気にしていないのかもしれなかった。

新幹線のなかでも彼は銃の入ったバッグを棚に乗せたまま堂々と眠った。

午後一時過ぎには乾のいるホテルに着いた。

岩淵が乾の部屋を訪ねると、乾はどんよりとした赤い眼で出迎えた。酒のにおいがした。

岩淵は顔をしかめたい気分になったが、もちろんそんなことはしなかった。

彼は笑顔を作ると言った。

「代貸。組長《オヤジ》からあずかり物《モン》です」

乾はこうしたしゃべりかたを好む。

岩淵はそれを知っているのだ。

「おう。ブチ。よく来たな。まあ、入れ」

乾は笑顔で言った。心からの無邪気な笑顔だ。その笑顔を見て、岩淵の心がごくわずかだが痛んだ。

部屋のなかの空気は淀み、乾の息と同様に酒臭かった。

岩淵は小さなベッド、サイドテーブルに散らかった乾物の袋やビールの空き缶をそっとよけ、バッグを乗せた。

「拳銃《チャカ》、見せろよ」

乾がうれしそうに言った。玩具を欲しがる子供と同じだった。

岩淵は油布でしっかりと包まれた銃を三挺取り出した。

乾はそのひとつを開いた。黒光りするトカレフが現れた。

大量に密輸された中国製トカレフだ。中国製トカレフというとコピー銃のような印象があるが、実は正式に中国でライセンス生産されたものだ。

トカレフM1933をモデルにしたもので、中国では7・62ミリ・54式と呼ばれている。

その名のとおり、口径は7・62ミリ。世界の趨勢《すうせい》は9ミリに落ち着きそうだが、米陸軍は9ミリの制式銃ベレッタM92Fを頼りないものとして、・四五口径（0・45インチ、約11ミリ）のガバメントを採用し直そうとしている。

7・62ミリのトカレフは、その9ミリ自動拳銃《オートマチック》よりさらに頼りない。

トカレフは明らかに接近戦用の銃だ。

しかし、拳銃には変わりない。特に乾のような男が持つと危険きわまりない代物となる。

布のなかには、弾倉《マガジン》が一本入っていた。弾倉《マガジン》には薬包《カートリッジ》が八発入る。つまり、乾は八発撃てるのだ。

乾は弾倉を銃把《グリップ》の下から叩き込み、遊底《スライド》を引いて、第一弾を薬室《チェンバー》に送り込んだ。

それを見て、岩淵はびっくりした。

「何をするんです」

思わず彼は言っていた。

乾は濁った眼で岩淵を見た。その眼の底に青白い凶悪な光がまたたいた。

岩淵はその眼を見てぞっとした。

乾はゆっくりと銃口を岩淵に向けた。今度は岩淵はぞっとするどころではなかった。恐怖にすくみ上がる思いがした。

銃口を向けられると、生理的な恐怖を覚える。

「代貸……、何を……」

岩淵は言った。

彼は混乱した頭で考えていた。――まさか、社長のもくろみを乾が悟ったのでは……――。

しかし、それは考え過ぎだった。

乾はにやりと笑って見せると、銃口をそらし弾倉《マガジン》を抜いた。彼はちゃんとマガジン・リリース・ボタンを知っていた。

弾倉《マガジン》を外すと、もう一度、遊底《スライド》を引いた。

弾丸が付いたままの薬包《カートリッジ》が右横の窓から飛び出した。

乾はその薬包《カートリッジ》を拾い、弾倉に戻した。

「弾《たま》は大切にしないとな……」

岩淵はまだ恐怖感を味わっていた。乾が何をするかわからない男であることはよく知っている。

ターゲット以外の他人に銃を向けるというのは、銃を扱う際の最大のタブーだ。銃を持つ者なら誰でも知っている。弾が入っているいないにかかわらず、ターゲット以外の人間に銃は向けてはいけないと、銃を与えられるときには厳しく言われる。

だが、そういう規範や約束事など乾にとっては何の意味もない。

「撃ってみてえな……」

乾は言った。岩淵は慎重に言った。

「それはどうかと思いますね。佐伯を殺《や》るまえに警察沙汰になっては面倒です」

「いざというときに、うまく作動しなかったらどうする？」

「組長《オヤジ》を信用しないんですか？　仕入れたときにすべて試射はしてありますし、手入れもいきとどいていますよ」

乾は手中の銃を見た。

確かに銃の溝という溝には油が浸み込んでいる。表面にも油が光っており、手のひらにその油がついていた。

乾は、薬室《チェンバー》を空にしたまま引き金《トリガー》を絞った。撃鉄《ハンマー》が落ちて、小気味いい金属音を立てた。それを見て、うなずき、乾は言った。

「いいだろう。それで？　組長《オヤジ》からの伝言があるだろう」

「佐伯は警察とは完全に切れているということです」

「そうこなくちゃな。ご苦労だった。ゆっくりしていけるのか？　佐伯の死にざま、おまえも見ていったらどうだ？」

「いえ……。他にも用があるので、これで失礼します。ほとんどトンボ返りですよ」

「相変わらず、おもしろ味のねえやつだなあ……」

乾は苦笑した。

「では、これで……」

岩淵はバッグを閉じ、出入口のドアに向かった。

「組長《オヤジ》によろしくな」

乾は言った。「うまくやるから心配するな、と伝えてくれ。じき、東京に戻る」

岩淵は振り返り、言った。

「わかりました」

そして、背を向けると、そのままドアを開けて部屋を出た。

佐伯は、午前から山のなかを歩き回っていた。

昨日と同様に、行けるところまでランドクルーザーで入り、そこから山道に分け入った。

串木田は、ひとりの隊員を連れてきた。

串木田と同じ『エコ・フォース』の迷彩野戦服を着たその隊員を見たとき、佐伯は少しばかり驚いた。

環境保護団体に女性がいてもおかしくはない。むしろ、どこの団体でも女性のほうが熱心かもしれない。

しかし、『エコ・フォース』に女性はなじまないような気が佐伯にはしていた。

佐伯は串木田に思ったとおりのことを言った。

「昨日の今日だ。女性は危険じゃないのか?」

「危険は承知の上です。われわれは伊達に『エコ・フォース』を名乗っているわけじゃありません」

「スローガンややる気は大切だ。だが、相手が悪い。やつらにはこちらの常識が通用しないんだ」

「彼らが来ても、おそらく、またあなたが追っ払ってくれるでしょう。違いますか？」

「昨日はうまくいった。だが、今度も同じようにいくとは限らない。やつらにも認めるべき点はあってな……。そのひとつが同じ失敗を二度繰り返さないことなんだ。抜け目ないんだよ」

「ここへ来たのは彼女の意志です。もちろん彼女はふたりの仲間がどうなったか知っています。その上で、僕に同行したいと申し出たのです」

佐伯はその女性のほうを向いた。

長い髪を一本に束ねて編んでいる。日に焼けたいかにも健康そうな顔色をしていた。

眼は常に意志的できらきらと輝いている。はつらつとした魅力のある若い娘だ。

栗原純子《くりはらじゅんこ》という名で、やはり大学生のボランティアだということだった。

佐伯は彼女に言った。

「きのう、われわれは暴力団のいやがらせを受けた。やつらはたいへんしつこくて、今もまだそばにいて私たちを困らせる算段をしているかもしれない」

栗原純子はうなずいた。

「知っています」

「女性は特に危険だ。女性には命の危険と同時にもうひとつの危険がある。貞操の危険だ」

栗原純子は笑顔を見せた。

「貞操の危険？　なつかしい言いかたのような気がします」

「古臭いかもしれん。元警察官なんでな……」

「足手まといにはならないつもりです」

「はっきり言うと、ヤクザが出てきたとき、君はいるだけで足手まといになる」

「何とか逃げて見せます。助けは必要ありません」

「どうかな……？　本当に危険なんだぞ」

「そんな危険なところに、彼だけ行かせるなんて、がまんできません」

佐伯はその一言で理解した。

串木田と栗原純子は普通の関係ではない。佐伯はそっとかぶりを振った。

どちらにしろ、ここは『エコ・フォース』の縄張りだ。これ以上のことは言えない。

佐伯は言った。

「今、自分が言ったことを忘れんでくれ」

三人は歩き出した。

串木田は大がかりなカスミ網用の支柱を発見し、佐伯に説明した。

「かつては網を張りっぱなしにしていたものですが、最近はこうして、まめに張ったり外したりするようになりました。われわれがパトロールを続けているからです」

佐伯はうなずいた。熱心に説明を聞いているふりをしていたが、実は、彼はカスミ網のことはもう気にしていなかった。

彼には他に気にしなければならないことがある。乾を警戒していた。

岩淵は、佐伯の泊まっている宿を見つけなければならなかった。

鬼門はやはり頭の切れる男で、『エコ・フォース』に訊け、と岩淵に指示していた。

岩淵は公衆電話のボックスを見つけ、電話帳で『エコ・フォース』事務局の番号を見つけた。

ダイヤルすると男が出た。事務局長の江藤だった。

岩淵は言った。

「『環境犯罪研究所』の者ですが、うちの佐伯はそちらにうかがってないでしょうか?」

この台詞も鬼門の指示によるものだった。

江藤はこたえた。

「ああ……。佐伯さんね……。今はたぶん現場を回っておられるはずです」

「ああ、そうですか。それでは宿に伝言でもしておきましょう。……ええと……、何というホテルでしたっけ……?」

「ホテルではなく旅館です」

江藤は旅館の名を言った。

「そうでした。どうも……。旅館にかけてみます。では……」

岩淵は電話を切り、電話帳で旅館の電話番号と住所を調べた。それを手帳にひかえると電話ボックスを出た。

煙草屋を見つけ、煙草を買うついでに旅館までの道順を尋ねた。歩けないことはないがかなり距離があるということだった。

岩渕はあたりを見回した。

タクシーなど通りそうもなかった。彼は歩くことにした。

乾から銃を受け取ったボクサーくずれと空手使いは複雑な表情をした。

彼らは腕っぷしに自信があった。素手の喧嘩が自慢だったし、それでこれまでやってきたのだった。

佐伯にいいようにあしらわれたのは確かだが、その報復は、やはり素手でやらなければならないと彼らは考えていたのだ。

刃物ならまだいい。得物は素手の延長だ。しかし、飛び道具は納得し切れない。

その一方で、拳銃を与えられたことに満足感を覚えているのも確かだった。

鬼門や乾が自分たちを認めてくれた証拠だからだ。

乾は彼らの気持ちを察したように言った。

「佐伯の野郎は妙な飛び道具を使いやがる。だが、拳銃があれば心配はいらねえ。なに、銃で簡単に殺したりはしねえよ。まず銃で優位に立つ。それから、じっくりといたぶってやるんだ」

これで、ふたりの舎弟分は納得した。

乾は、明日からの計画を二人に話して聞かせた。

三人は秘密を共有する小学生のようにうれしそうに、殺人の計画を練った。


『エコ・フォース』のランドクルーザーが旅館に着いたとき、佐伯は、何も起きなくて本当によかったと思った。

愛し合っている男女には、ヤクザとの戦いなどあまりに殺伐としている。

佐伯は礼を言って車を降りた。

串木田が言った。

「明日も山を回ってみますか？」

佐伯はうなずいた。

「もちろんだ。滞在している間に、できるだけいろいろなところを見ておきたい」

「環境保護のために？　それとも、他の目的で？」

「私は環境庁の下部組織から来たんだよ」

それだけ言って、佐伯は宿に戻った。

ランドクルーザーが走り去った。串木田と栗原純子がこれからどうやって過ごすのか、佐伯が知るはずもない。

おそらく、若者同士の楽しみかたがあるのだろうと佐伯は思った。

「妬《や》けるか？」

佐伯は自分に向かって言い、苦笑した。

宿の玄関に入ると、従業員が言った。

「荷物が届いてますよ」

従業員は中年の女性だった。主人の奥さんかもしれないと佐伯は思った。つまり女将ということになる。

だが、女将というイメージからはほど遠かった。

「荷物……？」

「ええ。これです」

女性従業員は、ダンボールの小箱を佐伯に手渡した。

「誰が持ってきたんです？」

宅配便や郵便小包でないことは確かだった。住所を書いた伝票など何も貼られていないのだ。

「さあ……、私が受け取ったわけじゃないからねえ……」

佐伯はそれ以上訊くのをやめた。宿の従業員たちに余計なおそれを抱かせるのは避けねばならない。

「どうもすいません……」

それだけいうと、佐伯は部屋に戻った。

考えられることはそう多くはなかった。

最も可能性が高いのは、乾からの危険なプレゼントだった。

爆弾ではないか、と疑ってみた。包みを開けたとたん爆発する仕掛けになっているとも考えられる。

こういう場合、警察に届けるのが一番だということを佐伯は知っていた。万が一ということがあるからだ。

しかし、佐伯は自分で開けてみることにした。

乾は人をいたぶって殺すのが好きなのだ。そして、彼は佐伯を恨んでいるはずだ。爆弾で簡単に殺そうなどと乾が考えるとは思えなかった。

そして、乾は佐伯と同じく旅先に滞在している身だ。爆弾を手配できるとは考えにくい。

佐伯はスイスアーミーのナイフを取り出し、少しずつ慎重に包みを切り開いていった。

箱を切り開くのには時間がかかったが、やがて中味が顔を出した。
佐伯は眉をひそめた。
荷は布でくるまれていたが、佐伯にはそれが何であるかすぐにわかった。
拳銃だ。
手紙が入っていた。佐伯はまず手紙を読むことにした。封筒には便箋が一枚だけ。
「乾たちは、これと同じ拳銃を手に入れた」
その一行だけが書かれていた。

15

鬼門は三日連続で『ベティ』に姿を現し、ミツコを驚かせた。

その夜、鬼門はひとりだった。

ヤクザはひとりでは飲み歩かないものとミツコは思っていた。

少なくとも、クラブにやってくるとき、ヤクザはひとりでないことが多い。

身の危険があるからだ。しかし、鬼門英一はひとりでやってきた。

彼はあまり敵を作らず、また、目立たぬように生きているのかもしれないとミツコは思った。

それは、およそヤクザらしくない生きかたに思えた。

ヤクザらしくない生きかたをしているからこそ、こうしてひとりで飲みにくることができるのかもしれなかった。

席に着いたミツコは、口説かれるのは今夜だ、と確信した。

ミツコの客は三組いた。付け回し係のマネージャーの指示で、三組の席を回らなければならない。

鬼門の席に着いてしばらくすると、マネージャーがミツコを呼びにきた。

「ごめんなさい。すぐ戻ってくるわ」という常套句を残して立ち上がろうとすると、鬼門が言った。

「店が終わったら食事でもしないか？　付き合ってくれるならラストまでいよう」

ミツコは残念そうに言った。

「今夜はだめなの。約束があるの」

もちろん嘘だった。

「その約束をキャンセルしてくれたら、楽しい時間を私が約束しよう」

「どうしても断われない用事なの。ごめんなさいね」

「では、明日はどうだ？」

「明日は土曜ね……。明日なら空いてるわ」

「それでは、明日、また来よう」

「ちょっと待ってて。せっかく来てくれたんだから、ゆっくりしてってよ」

「いや。これで用は済んだ。明日、また来る。勘定してくれ」

勘定を済ませて帰るまで、ミツコは席を立つことはできない。

結局、他のミツコの客は三十分以上待たされることになった。

夜が明けると、佐伯は布団から起き出した。まだ六時まえだった。神経が高ぶって何度も目を覚ました。結局布団のなかでは落ち着かず、起床することにしたのだった。

拳銃が手もとにあるせいではない。刑事だったのだから拳銃には慣れているし、不法所持もそれほど気にならない。

第一、彼は、警察官のまま『環境犯罪研究所』に出向していることになっている。拳銃を持っていても、不法所持にはならないかもしれない。

彼が落ち着かないのは、今日、きっと何かが起こるとわかっているからだ。

昨日、拳銃が手紙とともに届けられた。ということは、乾のもとに、拳銃が届けられたのも昨日と考えていい。

乾は二日も三日も楽しみを待つことはしない。

また、彼が待たねばならない理由はない。

乾は必ず今日、仕掛けてくる。

翌日、殺し合いをひかえていてぐっすり眠れる人間などいない。

どんなに肝のすわった人間でも、必ず眠れなくなるはずだ。

佐伯は、ケヤキの木が立っている空地へ行き、掌打の基本鍛錬をやった。

一分ほどで汗が出始める。

まっすぐ突き出す『張り』と横から打ちつける『張り』をたっぷりと練習した。

大切なのは、打つ手ではなく、足と腰のひねりだ。

汗が流れ、したたり始めた。

佐伯はタオルで汗をぬぐい、パチンコ玉による『つぶし』の練習をした。

『つぶし』は狙いどおりに命中し、佐伯は満足した。

体を動かし、汗をかくことで少しは心が落ち着いてきた。

朝食を済ませ、身じたくを始めた。両方の足首にアスレチック・テープで手裏剣を一本ずつ止める。

手裏剣四本を収めたホルスター型シースを左の脇の下に吊るし、その上から綿のジャンパーを着た。

ズボンのポケットにはパチンコの玉を入れた。そして、あらためて銃を見た。

中国製のトカレフ。組事務所の家宅捜索《ウチコミ》で必ずと言っていいほどお目にかかった拳銃だ。

弾倉《マガジン》は一本。弾は八発入っている。

佐伯はその拳銃をどうすべきか決めかねていた。

彼は部屋にたたずんだまま、じっと拳銃を見つめていた。


いつものように、午前十時に串木田が佐伯を迎えにやって来た。

やはりランドクルーザーのなかには栗原純子がいた。

車に乗り込むまえに、串木田を呼び止めて、佐伯は言った。

「今日は、彼女を帰したほうがいい」

「その話は、昨日決着がついているはずです」

「昨日とはまた事情が変わったんだ」

串木田は眉をひそめ、佐伯の顔を見つめた。

「顔色が少し悪いようですが、それと何か関係があるのですか?」

「ある。正直に言うと、俺もおそろしいのだ。やつらは拳銃を手に入れた」

串木田の顔色が変わった。

佐伯は続けて言った。「本音を言うと、俺だってのこのこ出かけて行きたくはない。やつらは拳銃を片手にやって来るんだ。だが、それじゃ何にもならん。俺は行かなくちゃならないんだ。本当ならひとりで行きたい。だが俺には足がないし、山のなかでは自由に動けない。だから、あんたが必要だ。だが、彼女は行かないほうがいい」

佐伯は串木田が当然、納得するものと思っていた。しかし、そうではなかった。

「彼女に帰れと言っても、言うことをきかないでしょう」

「ひっぱたいてでも言うことをきかせるんだな」

「帰れと言ったら、彼女は理由を知りたがります。理由を話したら、彼女はきのうと同じことを言うに違いありません」

「危険なところに、あんたひとりを行かせるのはがまんできない、と……？」

「そうです」

「あんた、嘘も方便という言葉を知っているか？」

「彼女に嘘は通じません」

「命に関わることなんだ」

「ならばなおさら、彼女は納得しないでしょう」

佐伯はいら立ったが、串木田は態度を変えそうになかった。

佐伯は言った。

「そんなことじゃ、将来、尻に敷かれっぱなしだぞ」

「そう感じたら結婚はしません」

「賢いんだな」

佐伯は車に向かって歩き出した。「だが、もし、俺がおまえさんたちを守り切れなくても恨まんでくれ。そのときは、多分、俺もいっしょにあの世へ行くことになるだろうからな」


乾は黒塗りのメルセデスの後部座席で薄笑いを浮かべていた。

色のついたフロントガラスから、ランドクルーザーが発車するのを眺めていた。

「尾行しろ。慎重にな」

乾は運転席の元プロボクサーに命じた。このメルセデス・ベンツは東京から乗ってきたものだ。

乾はたいてい車で移動する。運転はボクサーくずれと空手家が交替でした。

「山に向かう車は少ない……」

ボクサーくずれが言った。「どんなに気をつけたって気づかれちまいますよ」

「いいんだよ」

乾は薄笑いを浮かべたままこたえた。「気づかれたってかまわねえ。逃げ出したら追えばいいいんだ。別に俺たちゃ犯罪の捜査をしてるわけじゃねえ」

乾は喉の奥で笑った。

ボクサーくずれはうなずいた。

「わかりました」

乾は、いつものようにだらしなく座席に体を埋めると、ベルトに差していたトカレフ1933を取り出し、子供が玩具を楽しむように、うれしそうに眺め始めた。

「黒いベンツがずっと後をつけてきます」

串木田が言った。

佐伯は振り返った。佐伯が助手席におり、栗原純子が後ろの座席にいた。

「乾たちだな……」

串木田が蒼くなったのがわかる。しかし、彼は、しっかりとした眼つきをしていた。

緊張と恐怖は別物だ。そして恐れることと恐慌を起こすこともまた、別だ。

少なくとも串木田は恐慌を起こしてはいない。

佐伯は正面に向き直った。

串木田は横目で佐伯の表情をうかがい、訊いた。

「どうします?」

「どうもしない。予定どおりに行動するだけだ」

佐伯は旅館を出るときよりずっと落ち着いてきたのを自覚していた。

佐伯の眼には厳しい光が宿り、表情には余裕があった。

いつもそうなのだが、何か事が起こってしまったほうが腹がすわるのだった。

そうなると、彼は恐怖を感じることがずっと少なくなる。きわめてしぶとい男になるのだ。

「予定どおりに……?」

串木田が尋ねた。

「そう。逃げ隠れしても仕方がない。彼らは執拗に追ってくる」

「やられるのを黙って待っているわけではないでしょう?」

「車に乗っている限り、彼らを撒《ま》くことはできない。だが、山のなかに入れば別だ。

山のなかに入って、逃げるチャンスを探す。あるいは隠れてやつらをやり過ごす」

「わかりました」

佐伯は振り返って栗原純子の顔を見た。

彼女も緊張した顔色をしている。病院送りになった仲間のことを思い出している
のだろうと佐伯は思った。

「付いてきたことを後悔してるんじゃないのか？」

佐伯は尋ねた。

「いいえ。どんなことになっても後悔はしません」

「どんなことになっても？」

「はい」

佐伯はかすかに笑って向き直った。

優しい笑顔などではないことは佐伯本人にもわかった。もしかしたら皮肉の笑い
と取られたかもしれないと佐伯は思った。

しかし、と彼は心のなかで言い訳をしていた。こんな場合だ。仕方がないだろう。

岩淵は定時に出勤した。

九時にオフィスにやって来たのだが、そのときにはもう鬼門は出社していた。

鬼門もエリート・ビジネスマン並に働く。岩淵は、すぐに鬼門のもとに行き、報告を始めた。

「拳銃三挺は直接乾さんに渡してきました。あとの一挺を佐伯の泊まっている旅館にあずけてきました。佐伯は山を回っているようで留守でした。帰り次第、渡すよう宿の者に言っておきました」

鬼門はうなずいた。

「ご苦労だった」

「結果を見とどけてこなくてよかったのでしょうか?」

鬼門は意外な言葉を聞いたような表情で岩淵を見た。

「ばかなことを言っちゃいけない。殺人現場の近くをうろうろしていて誰かに見られでもしたらどうするんだ。なるべく無関係でいることだよ。事の結果は、新聞を見ればわかるはずだ」

岩淵は反省を表すために首を垂れて言った。

「そうでした。つい気になったもので……。考えが足りませんでした」

「私たちはあくまで傍観者だ。そうだろう?」

「はい。……では、失礼します」

岩淵が社長室を出ようとした。鬼門は岩淵を呼び止めた。

岩淵が振り返ると、鬼門は言った。

「君はミツコにかなり入れ上げているのかね?」

「は……?」

岩淵は、いつもここでは意外なことを聞かされる、と思った。

「『ベティ』のミツコですか?」

「そうだ。彼女を見つけ出したのは君だ。君は彼女をひいきにしているんだろう?」

「ええ。まあ……」

「本気で付き合う気はあるのかね?」

「いや……。そこまでは……。まだ、考えたことはありませんね」

「ならば、私が手を出してかまわないね」

「え……?」

鬼門はあくまでも淡々と言った。

「いい娘《こ》を紹介してもらったと思っているよ。私は心から彼女を気に入った。あんな女にはそうそう出会えるもんじゃない」

「社長……。本気ですか……」

岩淵は少なからずショックを受けた。そのとき、彼にはショックの理由がわからなかった。

だが、そのショックはやがて耐えがたい感情に育っていくような予感がしていた。

「本気だ」

鬼門が言った。「私は正式にはまだ結婚していない」

これは本当のことだった。

鬼門は野心の強い男だった。野心の強い男はしばしば婚期を逃してしまう。

「結婚……」

「言葉のあやだよ。それくらいの気持ちでいる」

「でも、会ったばかりじゃ……」

「直感は経験に優先する。私は常にそう思っている」

岩淵はこれ以上、何も言わなかった。

鬼門は言った。

「おそらく、今夜、落とすよ」

岩淵は曖昧にうなずいて社長室を出た。

自分の席に戻ってから、心が妙に騒いでいるのに気づいた。

鬼門が譲れと言ったものはすべて譲らなくてはならない。いくら近代化した組だとはいえ、艮組は暴力団なのだ。組長の言うことは絶対だ。

だがミツコをみすみす奪われるのはひどくつらかった。

鬼門が今夜、落とすと言うからには、もう何をやっても後の祭のような気がした。

そう思うといっそう耐えがたい気がした。奪われることになり、初めてミツコに惚れていることがわかった。

岩淵は、自分が本気でミツコを好きになっているような気がして驚いたのだった。

それは、自分のものにならないとわかった口惜しさが手伝った複雑な感情だったかもしれない。

しかし、岩淵にはとうてい整理がつけられそうになかった。

口惜しさと妬《ねた》ましさは時間を追うごとにつのっていった。

ランドクルーザーを降りた佐伯たち三人は、いつものように山道に分け入った。

道といっても、下生えの上にかすかに残された踏み分け道だ。

串木田が先頭に立ったが、彼の歩調は、緊張のためか、いつもより早いようだった。

「これじゃあ、やつらが来るまえに、俺がへばっちまうな……」

佐伯が言うと、串木田は驚いたように立ち止まった。

彼も荒い息をしていた。

「どうも、追われていると思うと、つい……」

佐伯は周囲を見回した。

大小のさまざまな木々が茂り、灌木と下生えが、膝から腰のあたりまでの高さで密生している。

その大自然のたたずまいは、人間を拒絶しているとしか思えなかった。

人が隠れるのは容易なことのように思えた。

「このあたりに隠れて様子を見たらどうだ？　やり過ごして、こちらが優位に立てるかもしれない」

佐伯が言うと、串木田はうなずいた。

「三人が固まっているとそれだけ発見されやすくなります。森や林のなかでは人間は異物ですからね」

「わかった」

串木田の指示に従って、佐伯はブナの根もとにうずくまり、栗原純子が灌木の茂みのなかに伏せた。

串木田本人は、佐伯のすぐ近くのシイの木の陰にひそんだ。

おのおのの間隔は二メートルから三メートルといったところだった。それだけしか離れていないのに、佐伯からはふたりの姿が完全に見えなくなった。

これならやつらをやり過ごせる――佐伯はそう思った。

草のなかにうずくまっていると、奇妙な安心感があった。ずいぶんと幼いときに、同じような遊びをしたような気がする。あの頃は東京にもまだ草むらがあって……。

かすかに、草を踏み分ける音が聞こえて、佐伯ははっとした。

乾たち三人がやって来たのだ。彼らは黙々と進んでくる。山林のなかを進むのは、乾にとって苦痛に違いなかった。

空手家が案内をしているようだ。彼の足取りはしっかりしている。

彼らは佐伯たちのまえを通り過ぎようとした。

そのまま行ってしまえ。逆にこちらが追う立場になってやる――佐伯はそう念じた。

三人は通り過ぎた。佐伯は安堵しかけた。

その時、空手家が突然立ち止まった。
彼はゆっくりと振り返り、あたりを見回し始めた。

16

「どうした」

乾が突然立ち止まった空手家に尋ねた。

空手家はあたりを見回しながらこたえた。

「連中が進んできた跡がこのあたりでとぎれてるんです」

「進んできた跡？」

「ええ。灌木の枝が折れていたり、下生えが踏まれて折れたりつぶれたりしているんですがね……。通ったばかりの跡はすぐにわかるんです。それが、この先はわからなくなって……」

佐伯はその話し声を辛うじて聞き取っていた。

彼はしまった、と思っていた。

あの空手使いが、それほど山に慣れているとは思っていなかったのだ。

串木田もそうだったに違いない。相手を甘く見ていたからこそ、佐伯の提案に同意したのだ。

乾が言った。

「気をつけろ。佐伯のやつは飛び道具を持っていやがる」

続いて、かすかな金属音が聞えた。

佐伯にはそれが何の音かすぐにわかった。拳銃の遊底《スライド》を引いて、初弾を薬室《チェンバー》に送り込んだ音だ。

あとは引き金さえ引けば弾が飛び出す。

残りのふたりもそれに倣った。

佐伯は唇を嚙んでいた。

彼は考えた。あくまでもじっとしているべきか？　それとも、できる限り、発見されぬよう、少しずつ移動すべきか。あるいは、先制攻撃を仕掛けるべきか……。

三人はそのあたりを警戒しながら探り始めた。

串木田と純子はこのスリルに耐えられるだろうかと佐伯は心配だった。

心配が現実のものとなった。

灌木のほうで枝を踏み折るような音がした。かすかに灌木が不自然に揺れる。

空手使いはそれに気づいた。

「兄貴……」

彼は乾を呼んで、顎で灌木のほうを指し示した。

彼は銃を構えてじりじりと灌木の茂みに近づいて行った。

乾が言う。

「おとなしく出て来やがれ」

その灌木の茂みには純子が隠れているはずだった。

佐伯は小さく舌打ちをし、手裏剣をシースのなかから二本抜き出した。

乾たちは右の横顔を佐伯に見せている。

佐伯は大きく深呼吸した。ブナの根もとから勢いよく立ち上がり、手裏剣を続けざまに投げた。

手裏剣は、正式には投げるといわずに、打つという。打ちつけるように投ずるからだ。

頭上から振り降ろすように打つのを『本打ち』という。

このとき、佐伯は、二本とも本打ちで打った。左手に一本持っていて、一本を打つと同時に持ち替え、もう一本打った。

佐伯から乾までの距離は約五メートル。

本来ならば絶対に外さない距離だ。

しかし、場所が悪かった。

木立ちが折り重なるように生えているし、枝も伸びている。蔓草もある。

手裏剣の一本は、乾に達するまえに、木の枝に当って下生えのなかに落ち、もう一本は、乾の脇にあった木の幹に突き刺さった。

手裏剣というのは弓の矢のようにまっすぐ飛んでいくのではない。目標のところで、ちょうど半回転する形になる。

だから、その途中で何かに当たると、うまく刺さらずにおちてしまうのだ。

三人はいっせいに佐伯のほうを向いて、拳銃を撃ち始めた。

佐伯はブナの根もとに再びうずくまり、動けなくなった。

ブナの幹が弾に削られて飛び散り、小枝が折れ、下生えが巻き上げられた。

7・62ミリという小口径だが、弾のエネルギーは決してあなどれない。

佐伯のほうを向くことで、三人は灌木の茂みに半ば背を向ける形になった。

灌木から純子が飛び出して、林の奥のほうへ走ろうとした。走るといっても、深い下生えをかき分けながら進まねばならない。

「あいつをつかまえろ」

乾が叫ぶより早く空手使いが追っていた。

何があっても逃げ延びて見せる、と純子は言ったが、空手使いはそれを許さなかった。

彼は純子に追いつき、腰のあたりにタックルした。ふたりはもつれるようにして倒れた。

純子がもがいているのが、荒い息使いと、時おり洩れるうめき声、そして下生えの動きでわかる。

乾とボクサーくずれが、それに近づいて行った。

空手使いの声が聞こえた。笑いを含んだ声だ。

「女ですよ、こいつあ……」

ボクサーくずれと空手使いのふたりで純子をおさえつけていた。

乾の眼に残忍な光が宿った。

「佐伯も思ったほど利口じゃねえな……」

乾は言った。「こんなところに若い女なんぞ連れてきたらどうなるかわからなかったのかな……」

ふたりの舎弟分は期待に満ちた眼で乾を見上げている。

乾は大声で言った。

「おい、佐伯。おとなしく出てこい。出てこないと、この女をなぶり殺しにするぞ」

佐伯は手裏剣を手にして考えていた。

同じ飛び道具でも手裏剣と拳銃は違う。武器のスピードも破壊力も違い過ぎるのだ。

乾は本当に純子をなぶり殺しにするだろう。それくらいは平気でやる男だ。そうしたくてたまらないと思っているに違いない。

だからといって、彼の言うとおりに、のこのこと出て行くわけにはいかない。

そうすれば、ふたりとも殺されてしまう。乾の目的はひとつだ。

佐伯を殺すことだけなのだ。それも、できるだけ残酷な方法で――。

昼少しまえ、内村のもとに、ミツコから電話があった。

「鬼門英一がゆうべも店に来たわ。三日連続よ」

「ほう……」

「きのうはひとりでやってきたわ。まったくヤクザらしくないわね。きょうも来るそうよ」

「よほどお店が気に入ったのですね」

「鬼門が気に入ったのはお店じゃなく、あたしのようよ。今夜、店が終わってから付き合わないかと誘われているの」

「それはつまり……」

「口説かれるということよ」

「それで、どうするおつもりですか？」

「どうしたらいい？　それが聞きたくて電話したのよ」

「口説かれるつもりはあるのですか？」

「ヤクザの情婦なんてとんでもないわ」

内村はしばし考え込んだ。

やがて言った。

「十分後にかけ直します。今、お部屋ですか？」

「そう」

「では、後ほど」

「待ってるわ」

内村は電話を切ると、警視庁刑事部捜査第四課にすぐさま電話し、奥野を呼び出してもらった。

奥野が出ると、内村はミツコの話をかいつまんで説明した。

「鬼門が井上美津子を口説こうとしてる……？　いったいどういうつながりでそういうことになったんですか？」

「男と女の間のことですから、何が起こっても不思議ではありません。ミツコさんは六本木のクラブで働いており、六本木のクラブで遊ぶ暴力団員は少なくない。そうでしょう」

「まあ、そうですね……。それで……？」

「平井弁護士の話だと、鬼門は確かに抜け目はないけれども、危ない橋を渡っていることに変わりはないということでしたが……」

「僕も同じ意見ですね」

「交通違反ひとつでも命取りになりかねない……？」

「あり得ますね。特に、今は暴対法があり、坂東連合は指定団体ですから……」

「もし、鬼門が若い女を不法監禁したら……？」

奥野は一瞬、押し黙った。

彼は内村の考えていることを悟った。

「逮捕及び監禁の罪……。刑法二二〇条と二二一条……。いや、しかし、それでは鬼門を罠にかけることに……」

「井上美津子さんは、今や善良な市民です。その善良な市民が監禁されるおそれがある――そういう情報を、たまたま警察が入手しただけです」

奥野はまた考えていた。送話口がふさがれるのがわかった。奥野は誰かと相談しているようだった。

おそらく、担当の部長刑事だろう。部長刑事はさらに、係長（警部）に話を通すはずだ。

内村は辛抱強く待った。

しばらくして、奥野の声が聞こえてきた。

「今夜、ふたりは『ベティ』から連れだって出かけるのですね」

「そうです」

「……だったら、逮捕の罪を成立させるのは難しい。井上美津子は同意してどこかへいっしょに行ったと見なされる。考えられるのは監禁の罪だけですが……。どこかへふたりで閉じこもるまえに……、例えばホテルの部屋にしけこむ前に、美津子がはっきりと拒否しているところを、第三者に確認してもらわなければならない」

「それはホテルの従業員でもかまわないのですか？」

「かまいません」

「わかりました。井上美津子さんには、その点をよく説明しておきます」

「今夜は、店のまえで見張りますよ。ちくしょう。また寝不足だ……」

内村は電話を切り、ミツコにかけた。

「あなたは、今夜、鬼門に監禁されねばなりません」

「こわいわね」

「ふたりきりになる前に、必ず第三者にわかるように、いっしょに一時を過ごすのは嫌だという意志表示をしてください。それが大切なのです」

「いやだ！　助けて！　とわめけばいいのね？」

「まあ、そういうことです」

「それで、誰が助けてくれるの？」

「奥野さんと話をしました」

「あら、佐伯さんの弟分ね……。あなたは来てくれないの？」

「私などがいても足手まといになるだけですよ」

「あなた、あたしを餌《えさ》にしようと考えたわけね」

「そうですね」

内村はあっさりと言ってのけた。「そういうことになりますね。餌はおいしそうでなくてはなりません」

ミツコは怒らなかった。

「まかせて。あたしの腕の見せどころね」


「情けねえやつだな、佐伯――」

乾がまた大声で言った。「仲間の女がどうなってもいいようだな」

佐伯は、心のなかで毒づいていた。

――だから、女を連れて来たくはなかったんだ――。

しかし、そんな後悔は何の役にも立たないことはわかっていた。

彼は、どうするべきかを考えた。純子を助け、自分も助かるべく最大限の努力をしなければならない。

それには時間をかせぐ必要があった。このままではいけない。

佐伯は、純子の安全のためにも、彼らに投降するふりをしようと思った。

「わかった」

佐伯は言った。「女に手を出すな」

彼は用心深く立ち上がり、ブナの木の陰から脇へ出た。

乾はにやにやと笑っていた。

銃口を佐伯のほうに向けている。

佐伯は、はっとした。乾が何を考えているかわかったからだった。

佐伯は、反射的にブナの木の陰に入り、伏せた。

その瞬間に乾は銃を撃った。ブナの幹が削れ、木片が飛び散った。

乾は、佐伯をつかまえるつもりなどないのだ。

佐伯に弾丸を撃ち込んで無力化し、そのあとじわじわと死ぬまで佐伯を苦しめるつもりでいるのだった。

時間をかせぐ作戦も役には立たないのだった。

佐伯は何とか下生えを利用して、移動しようとした。

深いシダや笹をゆっくりとかき分け、今まで隠れていたブナのとなりのクヌギの木へ慎重に移動する。

うまくいった。乾は、佐伯がまだブナの根もとにうずくまっていると思っているようだ。

乾はブナの根もとを見ながら言った。

「こっちには銃が三挺もある。そこから動けないだろう。さて、これからお楽しみの時間だ。木の陰からのぞくがいい」

乾はふたりの舎弟分に目配せした。

「いや！　何すんのよ！　やめてよ！」

純子の声が高くなった。

必至で抵抗しているらしく、草が大きく揺れ、激しくもみ合う音が聞こえる。

草が深く佐伯のほうからは何をしているのか見えない。だが、やっていることは明らかだった。純子を犯そうとしているのだ。

純子は声を上げ、もがいている。

荒々しく衣服をはぎ取る音がする。『エコ・フォース』の野戦服を脱がされたのだ。

純子は苦痛と嫌悪のため、うめき声を上げた。

佐伯は再度唇を噛んだ。怒りのため、視野が狭くなる気がしたほどだった。

布が裂ける音がした。

乾がうれしそうな声で言った。

「今、ブラジャーを引きちぎった。かわいい乳してるぜ。弟分のひとりが、うまそうになめてるぜ」

佐伯の怒りは頂点に達した。理性のタガが弾け飛びそうだった。

さらに薄い布が裂かれるような音がし、純子は絶望の声を上げた。

乾が言った。

「ついに、パンティーも取っちまった。すべてが丸見えだ」

ベルトを外す金属音が聞こえる。

「さて、ひとり目だ」

乾が言う。「俺は二番手と決めている。輪姦《まわ》すときはなぜか二番目が一番いいんだ」

野獣のようなすさまじい声が聞こえた。串木田の声だった。

シイの木の陰から串木田が飛び出していた。彼は純子をおさえつけているふたりに飛びかかろうとした。

だが下生えのせいで動きは素早くはなかった。

銃声がした。乾が撃ったのだった。

た。

「あっ……」

串木田が声を上げる。彼は下生えのなかに倒れ込んだ。大腿部を打ち抜かれてい
た。

乾のくぐもった笑い声がした。

「勇ましいのがいるじゃねえか？『エコ・フォース』の串木田さんだったな。だが、残念ながら力およばずってところだ」

串木田の弱々しい声が聞こえる。

「やめてくれ……。彼女は俺の婚約者なんだ……」

その言葉は逆効果だった。余計に、乾に残酷な喜びを与える結果になった。

「そうかい。じゃあ、もっとよく見えるところでやってやろう。おい、女をこっちへ連れて来い」

完全に佐伯の理性が消し飛んだ。

彼は立ち上がると、手裏剣を打ち、すぐまた下生えのなかに飛び込んでいた。

今度はうまく手裏剣が飛んだ。手裏剣は、乾の左肩口に刺さった。

乾は驚きの声を発した。

佐伯が現れた場所も意外だったたし、手裏剣が命中したことも虚をつかれた感じだ

った。

佐伯は、ずっと大胆になっていた。

彼は下生えのなかを素早く移動した。歩くとき、あれほど邪魔だった下生えが今はまったく邪魔ではなかった。

深い下生えは身を隠してくれる。

「くそっ！」

乾は怒り、手裏剣を抜くと、拳銃を二発撃った。

しかし、まったくの当てずっぽうだったので、弾丸は見当はずれの場所に飛んだ。

ボクサーくずれと空手使いは、まだ裸の純子をおさえつけている。

しかし、乾の怒る姿を見て、女を犯すどころではないことに気づいた。

乾は言った。

「女と串木田を立たせろ。ひとりずつ撃ち殺してやる」

ふたりの舎弟は、まず純子を立たせようとした。裸のままだ。

乾は純子に銃口を向けた。

17

乾は本当に撃つつもりだった。

「佐伯、よく見ていろ」

そのとき、下生えのなかから佐伯が立ち上がった。

次の瞬間起こったことが乾には理解できなかった。佐伯が銃を持っており、その銃が白煙を噴いた。

遊底《スライド》が瞬間のうちに前後し、空薬莢《やっきょう》が横に飛ぶ。銃声がした。

その光景が見えるより早く、右腕の一点がぽっと熱くなった。乾はそう感じた。

反射的にそこを左手で触ったが、まったく感覚がなくなっていた。痛みも感じない。

着弾のショックで麻痺しているのだ。痛みはあとからやってくる。吐き気がするほどの猛烈な痛みだ。

ふたりの舎弟分は、純子を放り出し、拳銃を取り出そうとした。

純子を放り出したのが彼らの最大の誤りだった。

佐伯は、両足を肩幅に開き、両手で銃把《グリップ》を握ってしっかり目の高さで狙っていた。

佐伯が二連射すると、ボクサーくずれが、続いて空手使いが、体をひねり、あるいは一度跳ね上がってからへたり込んだ。

佐伯の撃った弾丸は、ボクサーくずれの右肩と、空手使いの胸に命中していた。

乾は罵りの声を上げ、佐伯を撃とうとした。

右手の自由が利かなくなったため、拳銃を左手に持ち替えて撃った。

まぐれでもない限り、そんな弾は当たらない。

しかも、撃ったとたん、遊底《スライド》が後退したまま止まってしまった。弾が切れたのだ。

乾は立ち尽くした。舎弟分が持っている銃を取ろうと考えていたが、佐伯が狙いをつけているので動けなかった。

「おまえのような人間は生きる資格がない」

佐伯が言った。「この銃で撃ち殺してもいいが、俺はそうはしない。なぜだと思う?」

「知るか……」

「この銃を俺にくれたのが鬼門だからだ。鬼門なんかにもらった銃は、本当は使いたくなかったんだ」

「ふざけるな。そんな、でたらめ、信じるもんか」

佐伯は銃を、後方に放り投げた。

乾が意外に思って佐伯の顔を見た。

「これで少しは信じる気になったか？」

乾は芝居じみた笑いを見せた。

「てめえはばかだ」

そう言って、倒れて弱々しくもがいている空手使いの拳銃をもぎ取ろうとした。

それが思ったより手間取った。

乾がようやく拳銃を構えたとき、すでに佐伯はすぐそばに立っていた。

佐伯は拳銃を鋭く蹴り上げた。拳銃が飛んだ。

佐伯が言った。

「やっぱりヤクザだ。素手の喧嘩《ステゴロ》は相手が弱い者のときだけか？」

「何だと……」

乾は、さっと腰をひねって左のフックを佐伯の顔面に飛ばした。

佐伯はわずかに上体をひねりながらそらした。それだけでパンチを見切っていた。

見切った瞬間に、相手の死角から反撃して決め技までもっていくのが佐伯のパターンだが、このときは反撃しなかった。

乾が苦痛に顔をゆがめ、うめき声を洩らしたからだった。

右腕の傷が痛み始めたのだ。

佐伯は言った。

「出血がひどいな。さあ、おまえが死ぬまでに俺を倒せるかな？」

「うるせえ」

乾は佐伯の股間めがけて蹴り上げた。

股間への蹴りは、不意打ちには効果があるが、相手が体勢を整えているような場合にはなかなか当たらない。

人間は反射的に生殖器をかばうものだ。

佐伯は腰をひねって体をかわした。乾の蹴り足が着地しようとする瞬間にその足を払った。

乾はひっくり返った。

倒す場合、たいていは地面の固さを利用して相手にダメージを与える。この場合は下が柔らかい草だが、投げるだけで充分だった。

乾は体勢が少し崩れるだけで傷が痛むのだ。動けばそれだけ出血する。

乾はうめきながら立ち上がった。

下生えが血で染まった。

「いたぶられるのはどんな気分だ？」

佐伯は言った。

乾はまだ戦うつもりでいた。上衣の下に忍ばせていた九寸五分の匕首《あいくち》を抜き払う。

刃物を見て佐伯の眼が、さらに冴えざえとしてきた。

刃物を持った相手は、たとえ小学生でもおそろしい。手加減などしたら、死を意味する。

乾は前傾姿勢となり、左手で匕首を構えた。

佐伯はわずかに半身になった。右手右足が前になっている。草で足を取られるため、滑らかな移動はできない。

きれいにかわそうなどと思ったら、ざっくりと切り裂かれるのがおちだ。

どんなに恰好が悪くても、確実に刃物を持つ手をさばき、刃先が体に触れないようにすることだ。

乾はこらえ性がない上に、けがのためさらに短気になっていた。

彼は匕首をふりかざして、佐伯に迫った。下生えを蹴散らす勢いだ。

怒りと興奮で一時的に腕の痛みが薄らいでいるようだ。アドレナリンは血を止め、痛みをやわらげる。

佐伯は、匕首を持った乾の前腕部を自分の体の外側へそらすような形で払おうとした。

そのとき、プロの刃物使いの手口を思い出し、受けるのをやめて、身を投げ出してかわした。

プロの刃物使いというのは、最も近い位置にある動脈をまず切断する。それからとどめを刺すのだ。

いきなり腹や心臓を突いたりはしない。そして、一番近くにある動脈というのは、たいていの場合、手首の動脈なのだ。

洋の東西を問わず刃物を得意とするプロフェッショナルはそのように戦う。

乾も佐伯の手首を狙っていた。倒れた佐伯を見て、乾は有利になったと思った。

彼は器用に左手だけで匕首を逆手に持ち替えた。

佐伯めがけて降り降ろそうとする。

だが、佐伯はおとなしくそれを待ってはいなかった。

倒れた状態から右足を振り上げた。

左の肘と左の膝、右手の三つを支点として体を安定させている。

佐伯の足は弧を描いて乾のあばらに炸裂した。

乾は奇妙な声を吐き出して、後方へ倒れた。あばらは確実に折れたはずだった。

佐伯は立ち上がった。

乾が下生えのなかで苦しげにもがいているのが見えた。

佐伯はそれを見降ろしていた。

すでに乾は戦意を失っているものと思った。戦意を失った者をこれ以上いたぶる気にはなれなかった。

佐伯は乾とは違うのだ。

そのとき、銃声がした。と同時に左肩をハンマーで殴られたような感じだった。

大きな衝撃があり、体がひとりでにくるりとひねられた。

一点が熱い。

しまった、と思った。佐伯は撃たれたのだ。ひどい立ちくらみのような感じになり、一瞬、上下がわからなくなる。

撃たれたショックで脳貧血を起こしかけたのだ。立っていられなかった。膝をついてしまった。

やがて視界が開け、見ると、肩を撃たれたボクサーくずれが上半身を起こして銃を構えていた。

乾がそれに気づいていた。

乾は、根っからのヤクザだった。ヤクザの喧嘩は執拗だ。相手を倒すまであきらめない。

乾は最後の力をふりしぼり、ボクサーくずれのところまで這うようにして近づいた。

「貸せ」

乾はボクサーくずれから拳銃を取り上げると、苦労して立ち上がった。

佐伯は膝をついたままだった。

「勝負ってのは、最後までわかんねえもんだよな」

乾は拳銃をぴたりと佐伯に向けている。

「まったくだ」

佐伯は言った。

彼の右手は自分の足首あたりをまさぐっていた。

と思うと、その手が下から上へ一閃した。乾は胸の中央に衝撃を感じた。

彼は驚き、その拍子に一発撃った。その弾は佐伯には当たらなかった。

乾の胸に手裏剣が刺さっていた。

手裏剣の逆打ちという手法だった。

さらに佐伯は、足首に貼りつけた最後の一本を本打ちで決めた。その手裏剣はまっすぐに乾の喉に飛んだ。

手裏剣は決め技として使うことはきわめて少ない。手裏剣でけん制して太刀で決める。また、手裏剣で相手の動きを封じて徒手の決め技に持っていく――そういう使い方をするのだ。

本来、あまり威力のある武器ではない。

しかし、乾は、天突《てんとつ》という重要な急所を貫かれていた。

乾は信じられないといった顔のまま崩れ落ち、痙攣《けいれん》を始めた。

その痙攣もやがて止んだ。

運が悪かったな、と佐伯は思った。喉の天突に手裏剣が刺さるとはな――。

手裏剣で体の急所など狙えるものではない。どんな達人でも、手裏剣の狙いというのはもっとおおざっぱなものだ。

このときも、たまたま喉に刺さったに過ぎない。別の所に当たったのなら、まだ乾は生きていただろう。

運が悪いのでなければ、神仏がおまえを生かしておくべきではないと考えたのだろう――佐伯は心のなかでそうつぶやいていた。

すでに、ボクサーくずれに武器はなく、出血と痛みのため動く気力もないようだった。

空手使いは気を失ったのか動こうともしない。

佐伯の左肩が猛烈に痛み始めた。体からすべての力が抜け落ちていきそうだった。

佐伯はのろのろと立ち上がり、串木田と純子のところへ行った。

串木田は大腿部の傷をバンダナでしばり、止血していた。

そのそばに、純子がまだ裸のままうずくまっていた。脱がされた服をかかえるようにして体の前面を隠している。

純子は茫然としている。衝撃のあまり、自我を失っているようだった。

自分が強姦されかけたことも、目のまえで殺し合いが行われたことも、すべてがひどいショックだったに違いない。

我に返ったとき、彼女はヒステリックに泣き始めるかもしれない。

ヤクザと関わった人間は、いずれもこのようなひどい傷を心に負うことになる。佐伯はそれをいやというほど知っていた。

ひどいショックを受けている人間には、何か役割を持たせてやったほうがいい場合が多い。

佐伯は純子に言った。

「さあ、早く身じたくをして、救急車と警察を呼びに行くんだ」

純子はぼんやりと佐伯を見上げた。

まさか発狂したのではあるまいな——佐伯は訝《いぶか》りながら、今度は大声で言った。

「救急車と警察だ！　早くしろ。みんな死んじまうぞ」

純子が反応した。ぴくんと身を震わせた。眼に生気が戻る。

佐伯はもう一度言った。

「服を着ろ。動けるのは君しかいないんだ」

純子は周囲を見回し、自分の姿を見、串木田を見た。

串木田は佐伯を見てから、純子に言った。

「たのむ……。俺たちを助けてくれ……」

純子はうなずき、服をかかえて下生えの陰へ行った。

女というのは服を脱ぐところだけでなく、着るところも他人には見られたくないのだな、とこのとき佐伯は思った。

「救急車と警察ね？」

服を着ると、純子は少しばかり持ち前の気丈さを取り戻したようだった。

「そうだ。急いでくれ。でないと、俺たちは本当に死んじまうぞ」

「わかったわ」

純子は一度串木田の顔を見て、それからランドクルーザーを駐めた場所に向かって、歩き始めた。

佐伯は力尽きた感じでその場にすわりこんだ。

肩の傷が痛んでもう動く気にもなれなかった。

「すごいな……」

串木田が言った。「本当にやっつけちまった……」

佐伯は返事をするのもおっくうだった。

串木田はさらに言った。「でも、もうこんな思いをするのはこりごりですね」

佐伯はこたえた。

「俺もいつもそう思うよ」

言い終わると、気が遠くなりかけた。

やがて遠くからサイレンの音が聞こえてきたが、驚いたことに、そのとき、佐伯は眠りかけていた。

純子が出発してからどのくらい時間が経ったのか佐伯にはまったくわからなかった。


病院で治療を受けた佐伯は、警察の事情聴取で繰り返し同じことを訊かれた。話ができる者全員が同じことをされ、『エコ・フォース』事務局長の江藤も呼び出されて同じく尋問された。

佐伯のやったことは本来、かなり問題になるはずだったが、岐阜県警が警視庁に問い合わせて、佐伯が警察官だとわかると、かなり大目に見られた。

このとき、佐伯は、自分がまだ本当に警察官なのだということを知り、不思議な気分になった。

江藤と串木田が、先日けがをさせられたボランティアの学生のことなども引き合いに出し、乾たちの罪状を明確にした。

いずれにしろ、佐伯の行いは正当な防衛と判断されるはずだった。

岐阜県警では佐伯を送検しなかった。

佐伯が内村に連絡できたのは夕方の六時を過ぎてからだった。

佐伯は乾を殺したことを報告し、内村は、鬼門とミツコが今夜会うことを説明した。

「鬼門が罠にかかりますかね……?」

「彼がミツコを疑う理由はありません。それに、店が終わったあと付き合えと言ったのは鬼門のほうです」

「うまくいくといいですがね」

「うまくやりますよ」

佐伯は電話を切った。

すると急にミツコのことが心配になってきた。

急いで東京に帰ることになったと江藤に告げると、江藤は名古屋まで車を飛ばすと言った。名古屋まで行けば、新幹線で帰れる。

佐伯が礼を言うと、江藤は言った。

「いえ……。こんなことしかできないのが恥ずかしいくらいです。あなたは本当に言ったことを実行してくださった」

鬼門は岩淵とふたりで『ベティ』に現れた。岩淵のまえで、ミツコに今夜の約束の確認を取り、そのまま閉店の午前一時まで残っていた。

一時になると、岩淵を帰した。

このときの岩淵の屈辱的な気持ちはすさまじかった。

だが、鬼門は岩淵の気持ちなどまったく気にしていなかった。

鬼門は店を出ると近くのすし屋で食事をして、タクシーで六本木プリンスホテルに向かった。

フロントのまえで、ミツコは言った。

「ここでお別れよ。あたしは帰るわ」

鬼門は悪い冗談を聞いたときのような顔をしている。

取り合わず、鬼門はチェックインを済ませる。

「さあ、行くよ」

「あたしは行かないわよ、お部屋になんて」

鬼門は、あくまでも優しく言った。

「こんなところで私に恥をかかせるんじゃない」

「嫌だって言ってるでしょう」

フロント係が、どうしたらいいか決めかねた様子で鬼門たちのほうを見ていた。ごくわずかだが、他の客もいて、さりげなく鬼門とミツコに注目していた。ロビーのなかには、奥野たちもいた。刑事のそばには内村の姿もあった。

鬼門はフロント係に言った。

「何でもない。気にするな」

そして、ミツコの腕を握った。「来い！」

「痛いわね。無理やり連れ込む気？」

「いいかげんにしろ」

鬼門はミツコを引っ張っていき、エレベーターに乗った。

その直後、奥野たち刑事がフロントに行き、警察手帳をみせて鬼門の取った部屋番号を尋ねた。フロント係はほっとした。

「いったい、どういうつもりだ？」

鬼門はたいへん珍しく、怒りを露わにしていた。彼はたいていのことにはがまん強いが、今はかなり興奮しているようだった。

　理性的に見えるが、彼もヤクザだった。

「そっちこそ、どういうつもりよ」

「こういう約束じゃないか」

「冗談じゃないわ。店のあと付き合うとは言ったわよ。食事に行くのもいいし、飲みに行くのもいいわ。だけど、誰も寝るとは言ってないわ」

「素人みたいなことは言わんでくれ」

「ホステスをなめないで。簡単に落ちるホステスばかりじゃないのよ。落としたいなら、ちゃんと口説くのね」

　鬼門は考える間を取り、また優しくなった。

「すまなかったな。私は事を急ぎ過ぎたようだ。それくらい、君を手に入れたかったのだ」

「残念ね。そういう男はひとりじゃないの」

「だが、今、君はホテルの部屋で私とふたりっきりだ」

　鬼門はミツコに近づき、自信に満ちた態度で両手を肩に置いた。

　彼はその場でミツコを押し倒した。ベッドまで連れていこうともしなかった。ミツコは完全に不意をつかれた。

そのとき、ノックの音がした。

鬼門は顔を上げた。

ミツコが叫んだ。

「助けてーっ！」

もう一度荒々しいノックの音。

鬼門は舌打ちをして立ち上がった。ホテルマンだったら追っ払おうと思っていた。ドアを開けると、奥野たち刑事が立っていた。奥野は、ポケットから、紐のついた警察手帳を出して見せた。

ミツコはさっと立ち上がり、鬼門を押しのけて奥野にしがみついた。

「あたし、襲われたのよ！」

「ほう……」

奥野は言った。

「監禁の容疑に、強姦未遂の容疑も加わったようですね。お話をうかがいたいのでご同行願えませんか？」

実は暴対法にも触れるのだが、奥野はそれを言わなかった。

鬼門は顔色を失い、無言で立ち尽くしていた。

刑事たちが鬼門とミツコを連れてロビーまで降りると、玄関にひとりで佐伯が立っていた。

ミツコはそれに気づき、駆けて行って飛びついた。

「だいじょうぶだったか？」

佐伯は尋ねた。

「危なかったのよ」

「お前が？　信じられんな」

ミツコは佐伯に抱きついたまま離れようとしなかった。

刑事に連れられた鬼門がそれを横目で見て通り過ぎた。

佐伯は奥野に言った。

「金持ち専門の優秀な弁護士が出てくるに違いない。最後まで気を抜くな」

「チョウさん」

奥野はうなずいた。「まかせてください」

佐伯とミツコの姿を離れたところから眺めていた内村はつぶやいた。

「やれやれ、私の出る幕などないではないですか……」

彼はひとりひっそりと姿を消した。

18

『ノース・イースト・コンフィデンス』社は家宅捜索を受けることになった。鬼門が関係したすべての事件が明るみに出て、捜査は一気に進んだ。

尋問を受けたとき、岩淵は、しばらく考えてからこう言った。

「私が供述したことは、社長には秘密にしてくれますね」

彼は、密かに、恨みを晴らすことにしたのだ。

岩淵は、乾が鬼門の命令で動いていたことをはっきりと認めた。

「女というのはおそろしいな」

佐伯は奥野に言った。昔、ふたりでよく飲んだ隼町《はやぶさちょう》の酒場に彼らはいた。「あの鬼門が娘っこひとりのせいで刑務所行きだ」

「チョウさん、乾を殺《や》っちまったそうですね？」

「正当防衛だよ」

「当然、そうでしょうね」

「本当だぞ」

「そうそう、女の話……」

「チョウさんが勤めてる研究所に、すごい美人がいるでしょう?」

「何だ?」

「白石景子か?」

「あんな人といっしょに働けて、チョウさん幸せですよね」

「惚れたのか、おまえ」

「そうかもしれません。このあいだ、いっしょに食事をしましてね……」

佐伯は、彼女の家に居候《いそうろう》していることなど奥野には話せないな、と思った。

ひょっとしたら、内村の計略に奥野がひっかかったのかもしれないと佐伯は疑った。

「気をつけろ」

佐伯は言った。「でないと、おまえも鬼門の轍《てつ》を踏むぞ」

解説

関口苑生《せきぐちえんせい》
（文芸評論家）

以前、あるところで「今野敏は日本一シリーズ作品の多い作家ではないか」と書いたことがある。

もっともこれは、子細に精査しての話ではない。何となく、雰囲気で感じていた思いを述べたにすぎなかった。とはいえ、一応は著作リストをチェックし、ざっと数えてみるぐらいのことはしたのだった。すると、最初のシリーズ作『ジャズ水滸伝《すいこでん》』（現在は《奏者水滸伝》として刊行）から始まって、ご存じ《安積《あずみ》警部補》シリーズや《隠蔽《いんぺい》捜査》シリーズ、さらには本書を含む《潜入捜査》シリーズ……等々、わたしが気づいた範囲でもおよそ三十本ほどあったのだ。デビューして三十余年のベテランとはいえ、ひとりの作家が生み出したシリーズ作品の数となると、これはもう驚嘆に値する数字ではなかろうか（だからといって、日本一であるという根拠はどこにもないのだが）。

当たり前のことだが、シリーズというからには物語は一作では終わるわけがない。

最低でも二作。中には五作、六作、いや十作以上続く場合だってありうる。となると、合計の冊数も相当の数になるのは間違いない。ちなみにその時点で、今野敏の著作数は百五十冊ほどあっただろうか。で、そのうちシリーズ作の割合は……と考えてみたけれど、こちらはさすがに見当がつかなかった。が、それでもかなりの程度は占めるのではないかと思われる。

もちろん、だからどうのこうのと言うつもりはない。それよりも、むしろ今野敏のあくなき創作への意欲と努力、そして研鑽《けんさん》の日々に対してつくづく頭が下がる思いで、胸が一杯になってくる。

シリーズについての良し悪しや効用については、古くは佐野洋と都筑道夫の名探偵論争などが思い出されるが、今でも好みは分かれるところだろう。どんなものでも一長一短はあるからだ。シリーズは最初から読んでいかないと、途中からではとっつきにくいという読者もいるかもしれないし、作者のほうも長く続けていくとパワーダウンしてくる可能性もある。それゆえ一概には言えないのだが、たとえば日本推理作家協会が編纂《へんさん》した『ミステリーの書き方』という本の中で、大沢在昌はシリーズは同工異曲ができないだけに、書いたほうが勉強になるという主旨の発言をしている。

「同工異曲を避けようとすることで、今まで扱ったことのない題材やテーマに目が向くこともあるし、語り口を変えることもできるから。シリーズはやるべきだと思う。ただし、シリーズのみに走るのは避けるべきですね」

つまり、マンネリに陥らないように毎回趣向を変え、常に新味を出すことを心掛けよというわけだ。この大沢在昌の意見は、表向きには書き手を目指す人への提言となっているが、同時に読者の側にしてみれば、なるほど作家というのはそこまで考えて書かなければならないのか、と驚き、感心させるものでもある。逆に言えば、作品評価をするときの目安、指針にもなるかもしれない。

それからシリーズ作品は、登場人物のキャラクター造形によって読者の人気が大きく左右するものでもある。言ってみれば、これこそが最も大事な要素であるかもしれない。テレビの連続ドラマでもそうだろうと思うが、主人公とその周辺のキャラに魅力がないと読者（視聴者）にはアピールしない。しかしこれが一度受け入れられ、人となりを把握し、理解してもらうと、作者は次からは繰り返して説明せずとも済むようになってくる。また読者のほうも、一度好きになってしまうと馴染《なじ》みができ、ぜひとも続きをと願いたくなるのが人情だ。そこで作者および版元は、ひとつの戦略として、キャラクター重視の、売り上げや人気の具合によってはすぐにもシリーズ化が可能な作品を検討するようになっていく。特にまた今野敏の場合は、ある意味で時代の要請もあったかもしれなかった。彼が本格的に作家専業となっていった一九八〇年代から九〇年代の初頭にかけては、出版業界では新書ノベルス時代の絶頂期であったのだ。異論はあるかもしれないが、個人的にこの当時のノベルス戦争は、高度消費社会を象徴する現象であったような気がする。言葉は悪いが、売れるものがいい作品だという風潮が、どこかしらに流れていたようにも思う（実情は小説に限ったことではなく、あらゆる商品について同様のことが言えたと思うが）。そのための戦略として、人気キャラクターを作ってシリーズ化するという方法は、最も売りやすく効果的だったのではなかろうか。

ところであわてて付け加えておくが、これは決して否定的な意味合いで言っているのではない。売れることとは、何よりもエンターテインメントの基本である。またプロの作家ならば、どんな要求に応えても当然だろうし、ごく普通のことであったろう。そういう時代に今野敏は、試行錯誤を繰り返しながらも、次々と作品を生み出していったのである。その仕事ぶりは生来の誠実さがいたるところに滲み出ていた。

本書『処断　潜入捜査』（初刊は一九九三年『覇拳聖獣鬼』として飛天出版より

刊行）が三作目となる《潜入捜査》シリーズは、とりわけその傾向が強い典型的作品と言えよう。

シリーズを通してのテーマは、環境犯罪という新しい形態の犯罪と、その背後に巣くう卑劣で横暴な暴力団のありようだ。ここには環境破壊は大自然に対する暴力であり、それは人間社会の暴力と同じところに根ざしているという作者の信念が、まず大前提としてある。次に環境破壊といってもどのような形があるのかを、一作ごとに切り口を変え、具体的な事例を描きながら実態に迫っていく。そこから浮かび上がってくるのは、犯罪は何かしらの歪《ゆが》みから発生するものだという極めて明解な真理である。ことに環境破壊は、高度成長時代のツケと言っても過言ではない。いや、ことは環境問題だけにとどまらない。政治や経済、行政、教育……等々、社会のあらゆる領域で放ったらかしにし、目をつぶって見ないようにしてきた問題点があちらこちらで芽吹き始め、次第にさまざまな歪みが生じて、そこに犯罪が発生してきたのであった。言わば、現代の都市社会が生み出した深刻な影や矛盾が描かれるのだ。本シリーズは、一作ごとにそれら歪みの正体を明らかにしようとしていく。

そうした犯罪を最前線で食い止めようとするのが、佐伯涼をはじめとする『環境犯罪研究所』の面々なのであった。

佐伯は暴力団員に容赦ない仕打ちを加えることで有名な元マル暴の刑事だった。それは暴力団を憎むあまりの行動であったが、加えて彼の中に流れる血筋がなせる業であったかもしれない。佐伯の祖父は、旧陸軍の特務機関に所属し暗殺を専門として働いていた。父親も戦後のどさくさ時代に、金で人殺しを請け負っていたことがあり、また一時期ヤクザの用心棒をしていたこともある。いずれも佐伯流活法が大いに役立ったわけだが、この古武道は古代有力軍事氏族であり、宮廷警護などの任にあたった佐伯連一族に連綿と伝わるもので、その先祖には日本の歴史上で最も有名な暗殺者、佐伯連子麻呂《さえきのむらじこまろ》がいた。

六四五年六月十二日、時の権力者だった蘇我入鹿《そがのいるか》が飛鳥板蓋宮で暗殺され、翌十三日には入鹿の父蝦夷《えみし》が自害し、蘇我本宗家が滅亡する。この蘇我入鹿暗殺が大化改新のきっかけとなるのだが、子麻呂は葛城稚犬養連網田《かつらきわかいぬかいのむらじあみだ》とともに入鹿暗殺の実行者であったのだ。佐伯連、葛城稚犬養連は有力軍事氏族で、それぞれ蝦夷と隼人という、大和民族が大陸から渡来する以前に、日本に広く定住していた先住民族だった。そしてこの葛城一族の子孫が『環境犯罪研究所』のアシスタントである白石景子なのだった。つまり入鹿暗殺の当事者だったふたりの子孫が、千数百年の時を経て再び集うことになったのである。無論、これは偶然などではなかった。所長の内村尚之がふたりの身上を事細かに調べ上げ、スタッフの一員としたのであった。とすると、これは現代においての〝改新〟を断行しようとする決意の現れと考えられないこともない。佐伯はその先頭に立って闘いの真っ只中《ただなか》へと飛び込んでいき、内村と景子はサポート役に徹して、佐伯の援護に回る……。意外性といい、衝撃度といい、シリーズキャラクターとして絶好の人物たちなのである。またシリーズ一作目から登場している佐伯の後輩刑事・奥野や、佐伯が助けて更生させたミツコこと井上美津子、さらには民事介入暴力のエキスパートである平井貴志弁護士などが、巻を重ねるごとに重要な役割を持って動き出し、どんどんと物語に介入してくるのだった。こんな具合に、仲間たちが主人公をサポートする環境を作り出していくのもシリーズ作品にはなくてはならぬ要素だ。

そういう彼らが今回対決するのは、カスミ網による野鳥の密猟組織である。組織は同時に魚の密漁、アロワナとランの密輸も行っており、協力を拒む漁師や環境保護団体の有志を惨殺する暴挙に出ていた。かくして佐伯の怒りは頂点に達し、正義の鉄拳が牙を剝《む》くのだった。

実に、何とも気持ちのいい物語である。だが、今野小説の奥深さは、この気持ち良さのもうひとつ向こう側に、もっともっと大きな〝暴力〟があることを示唆するのだ。自然を踏みにじり、平気で人に危害を加えるのは暴力団だけではないことをだ。

これほどまで自然破壊が進んできたのは誰のせいか。貧富の格差が大きくなり、人心が荒廃してきたのは誰のせい……行間からそうした疑問が、絶え間なく見え隠れするのは決して気のせいではなかろう。

今野敏の良心がそこにある。

（二〇一一年十月）

〈追記――実業之日本社文庫新装版刊行にあたり〉

シリーズ作品の魅力、良し悪しについては前の解説でもちょっと触れているが、作者側読者側それぞれにメリット、デメリットというか、好き嫌いを感じさせる要素があって、一概にこれこれこうだという評価を下すのはなかなか難しいのが実情のようだ。

物語の主人公というのは、巻き込まれ型は別としてもまあ概ね他人にはない優れた能力を持ち、強烈な個性も備えた人物が設定されるものだが、そんなキャラクターを新しい作品を書くたびに毎回生み出すというのは作家にとっては結構きつい作業ではないかと思う。育った環境も性格も思考形態もさらには現在の状況も、また職業や、もしかしたら性別までも何から何まで違う人間を作り上げ、練り込んで、世に送り出すのである。これはやはり、労力やら効率などを考えると割に合わないかもしれない。その点、シリーズ・キャラクターは一度登場させて読者に覚えてもらえると、二作目以降の作業過程が楽になるという利点がある。だが一方で、作品の形式、技法が似たようなものになり、同傾向の作品ばかりとなってマンネリズムに堕してしまいかねない恐れもある。

そう考えていくと、この《潜入捜査》シリーズというのは、もの凄く高いハードルを越えてなお抜群の面白さを維持し続けた、稀有な作品だったのではないかと思えてくる。というのも、たとえば刑事を主人公とした警察小説の場合、主たる登場人物と舞台は同じであっても、扱う事件の内容、種類は当然のことながら一作ごとに違ったものになっている。またこのときに、事件の一体どこに、何に、誰に焦点をあてるかによって作品の相貌はがらりと変わってくる。このことは、これまでにも警察小説が懐の深い「器」であるとして、描きようによっては驚くべき変化を遂げて、どんなジャンルにも対応できる小説であると何度か書いてきた。だからこそ警察小説は素晴らしいのであると。ところが、本シリーズに限ってはいささか事情が違ってくる。

ここで描かれるのは環境破壊、環境汚染に繋がる犯罪行為の現状と、それを駆逐もしくは阻止しようと環境庁の外郭団体『環境犯罪研究所』が奮闘努力する姿である。中でも特に悪質な環境破壊は、多くの場合暴力団が絡んでいて、産業廃棄物の不法投棄や金目当ての森林伐採などシノギのために自然破壊を繰り返していた。元マル暴刑事の佐伯涼は、そうした連中を時には〝処分〟しても構わないという暗黙の了解を得て事態の渦中に飛び込んでいく。つまり佐伯ら『環境犯罪研究所』の究極の目的は、環境破壊に加担する暴力団の撲滅なのである。もっと端的に言うならヤクザ狩りだ。物語の各巻において環境の汚染や破壊にまつわる個々の犯罪の内容は多少違っていても、戦う相手は常に暴力団であって、そこではまず彼らがどれほど非道なことをしているかが描かれたのち、最終的には佐伯と彼らとの一騎討ちという構図となる。このパターンの上で物語が展開されていくのだ。これがシリーズとなって何作も続いていくと、並の作家が書いていたらおそらくほとんどは同工異曲の作品となるのは間違いない。そこが高いハードルと書いた意味だ。

しかし今野敏はこれをいとも簡単（そう）にクリアして、われわれの前にいつも新鮮で驚きの作品を提供するのだった。しかも物語の構図、パターンはまったく変えずにである。矛盾した言い方になるが、同工異曲の中に変化と新味を加えた凄技を披露してみせるのだ。決してマンネリズムに陥ることがないのである。

どうしてそんなことができたのか。思うにそれは、ひとつの要素として今野敏の本シリーズに対する思い入れの強さがなせる業ではなかったか。作品の形式、技法がどうのこうのという以前に、彼の自然を愛する心情と、自然が破壊され、次第に失われていくことへの憂慮、そしてヤクザへの強烈な怒りと憎悪、取り締まる側への不満も視野に入れた世の中にもの申したいという意欲と姿勢——そうした諸々の熱い思いが凝縮し、爆発した作品だったように思う。そこに加えてもうひとつ。ここには巻を重ねるごとに〈悪〉が次第に成長し、進化していく懸念と不安、恐怖が物語の根底に流れている。

悪という概念に関しては、それはもう古今東西さまざまなことが語られている。聖書に記されているような絶対的な悪もあれば、いやそうではなく悪は社会的な環境・境遇など後からやむをえなく生じた相対的なものだとする人もいる。だがいずれにせよ、悪とそこに内包される悪意の塊は、その性質なるがゆえに自己増殖を重ね、連鎖と伝播を繰り返して大きくなっていく。それは個人のものから始まって、次第に組織的な悪意へと拡大し、さらには国家的規模となるほどにまで広がっていく場合もありうる。歴史を振り返ってみると、時に民意と称し、多くの人々から支持されたとして、やがて軍靴の音を響かせるにいたった国家がいくつあったかを思えば納得できるはずだ。ともあれ、心ある人間の善意に呼応するかのように、悪意もまた増長し、意思を持って成長していくのである。この一点こそが今野敏が《潜入捜査》シリーズを書く上での最大の関心事だったような気がするのだ。そういえば「自己認識を持っているのは、悪だけである」と言ったのはカフカだったか。

前作『排除　潜入捜査』の追記で、今野敏は暴力を振るう悪党どもに対しては容赦しない描き方をすると書いたが、もちろん本書でもその姿勢に変わりはない。これはこれで勧善懲悪物語の本道であって、読後は爽快だし、何よりも気分よく読めるのが心地よい。ただし――決して難癖をつけるつもりではないと断っておくが、佐伯はあくまでも現実社会に生きる卑劣なヤクザを倒していくにすぎないわけであって、彼らの裡の奥底で巣くっている悪と悪意の塊に関してまではさすがに手が出せない。白石景子の母方である葛城一族も、底知れぬ悪意の勢力と長く対峙し、抵抗してきた歴史がある。しかし、どうしても根絶にまではいたらなかったのだ。それどころか、逆に追い詰められているような状態となっている。佐伯や内村尚之所長、それに作者の今野敏もそのことがもどかしくてたまらないように、わたしには映るのだがどうだろう。こうした物語の表部分には直接描かれない部分の行間描写が、このシリーズを飽きさせないものにしている秘密のひとつなのだろうと思う。本書に描かれるヤクザにしても、暴力団対策法逃れのために古いものを切り捨てていく新しいタイプのヤクザ。暴力の誇示と実力行使のみがおのれの力の源泉と信じる古いタイプのヤクザ。惚れた女を上司に取られそうになり、ウジウジと暗い怒りを腹にためていく現代サラリーマンタイプのヤクザと、いくつか異なるタイプのヤクザが登場する。彼らはそれぞれに、自分の裡の悪意が成長するがまま理不尽で傍若無人な行動に走っていく。佐伯涼はそんな彼らと対決し、怒りの拳を炸裂させて、とりあえずは一件落着を見る。しかし根本の問題はそれでは終わっているはずがない。

だからこそ、この物語の続きが読みたいと思ってしまうのだ。

（二〇一一年四月）

本作品はフィクションであり、実在する人物、団体、地域等とは一切関係ありません。

本書は一九九三年四月に飛天出版より刊行された『覇拳聖獣鬼』を、『処断　潜入捜査』と改題し二〇〇九年一月に有楽出版社より新書版（ジョイ・ノベルス）として、また二〇一一年十二月に実業之日本社文庫版として刊行された作品の新装版です。

本作品の時代背景、社会情勢は一九九三年当時のままといたしました。

実業之日本社文庫　最新刊

櫻いいよ
きみに「ただいま」を言わせて

小学生の舞香は5年前に母親と死別し、母の親友とその夫に引き取られる。血の繋がらない三人家族、それぞれが抱える「秘密」の先に見つけた、本当の幸せとは!?

さ9 1

櫻井千姫
16歳の遺書

私の居場所はどこにもない。生きる意味もない――。辛い過去により苦悶の日々を送る女子高生・絆。だが、ある出会いが彼女を変えていく…。命の感動物語。

さ10 1

辻堂ゆめ
初恋部　恋はできぬが謎を解く

初めて恋をすることを目指して活動する初恋部の女子高生四人。ところが出会うのは運命の人ではなく校内で起こる奇妙な謎ばかりで……青春×本格ミステリ！

つ4 1

葉月奏太
寝取られた婚約者　復讐代行屋・矢島香澄

IT企業社長・羽田は罠にはめられ、彼女と会社を奪われる。香澄に依頼するも、暴力団組長ともうひとりの復讐代行屋が立ちはだかる。超官能サスペンス！

は6 11

睦月影郎
淫魔女メモリー

小説家の高志は、裏庭の井戸から漂う甘い香りに誘われて降りてみると、そこには地獄からの使者が!?　淫魔大王から力を与えられ、美女たち相手に大興奮！

む2 14

南　英男
偽装連鎖　警視庁極秘指令

元IT社長が巣鴨の路上で殺された事件で、タレントの恋人に預けていた隠し金五億円が消えていたことが判明。社長を殺し、金を奪ったのは一体誰なのか!?

み7 19

文日実
庫本業 こ2 16
社之

処断《しょだん》 潜入捜査《せんにゅうそうさ》〈新装版《しんそうばん》〉

2021年6月15日 初版第1刷発行

著 者 今野《こんの》 敏《びん》

発行者 岩野裕一
発行所 株式会社実業之日本社
〒107-0062 東京都港区南青山5-4-30
CoSTUME NATIONAL Aoyama Complex 2F
電話 [編集]03(6809)0473 [販売]03(6809)0495
ホームページ https://www.j-n.co.jp/
DTP ラッシュ
印刷所 大日本印刷株式会社
製本所 大日本印刷株式会社

フォーマットデザイン 鈴木正道(Suzuki Design)

ISBN978-4-408-55665-9（第二文芸）